其實世間沒有永遠的事情——
這個才是永遠的眞理吧。

最後的故事——殯葬禮儀師之晝夜行事錄

The Last Stories

啟程 著

told by Mr. KC

a funeral service provider

推薦序

未知死，焉知生

李衍蒨／法醫人類學家

在我工作的環境中，最重要的是要為逝者找回他們的身分，以還給他們人最基本的尊重。每個人來到這個世界，都被賦予一個身分、一個名字，而當離開的時候以同一身分被紀念或悼念。當然，同時也令家屬知道死者的最終去向，可以選擇想用的方式去紀念死者。大家都說：「死者為大」。那麼，活人呢？

但，原來真正的故事，現在才正式開展。

當講到要處理後事，很多時都是對家人的終極之戰！對於誰做主，誰支付費用等問題，已很有可能上演多套比電視劇集還要精彩的戲碼。因此，在我有限的接觸當中都不少人會選擇好好存好「棺材本」，以自己存好的錢來支付。我前半年才過世的外婆就是其中之一。

除了安排好支付費用的部分，外婆更於生前（亦很幸運在病況急轉直下以前的一段時間）安排好誰會做主、誰安排戶口等規劃事宜。由於外婆及家人對於傳統殯葬的儀式有一定認識，外婆同樣一早就安排好自己離開的衣物、車頭相，甚至早十年左右已經尋找了法師爲她製作了經文的壽被。這個安排的確減輕了媽媽及她姐妹弟的負擔，免卻了爭執的煩惱，更重要的是作為打開了他們去規劃自己身後事的契機。我覺得外婆的這一課生死教育課實在太棒了！

我自身的故事經歷對我的啓發及感觸良多，證明即使在死亡相關的事業當中，也不一定會對於身邊的故事所麻木。啓程見到的故事比我更多，情節也更複雜。《論語・先進篇》子曰：「未知生，焉知死」，但我認為應該是「未知死，焉知生」。透過人死相關的事情，我們的確可以對於在生這回事有些體會。或許是我的專業使然，但我覺得更能在觀察死者後事安排時瞭解到死者及生者的關係、死者的性格等，這也是我覺得啓程分享的故事當中我最有共鳴、最有感受的地方。

「死者為大」，或許可以理解為任何事都需要先靠邊站，以逝者的事情先行。但其實，不論死人、活人，都應該有對等的尊重，而要互相尊重便要互相理解。我們或許參與了許多人來到世界上的時刻，送別的時刻反而不常參與。啓程的作品除了以故事向我們講述人生最後的故事之外，更讓我們深入淺出地認識殯葬業的二三事。或許，透過這些文字可以作為您們規劃及思考身後事的契機，以一個互相尊重的方式安排及處理身後事。

推薦序
思考生命的意義和價值

衛振豪／中學校長

我很高興能為我相識多年的好友啟程寫下本書的推薦序言，這本書將帶領我們進入一個充滿感人故事和深思的殯葬世界。

在本書中，作者分享他與主家共同處理先人殯殮過程中的所見所聞。這些生離死別的故事，有時會充滿矛盾和衝突，看後深深觸動我們的心靈。書中還詳細描述了殯葬業的行內術語、規則等專業知識，也使我們對各種宗教傳統和禮儀，有更多的理解和尊重。

作者文筆細膩，向我們展示了殯葬工作的複雜性和重要性，並帶領我們思考生命的意義和價值。

我期待這本書的問世，而這也是他在殯葬領域的第四本著作。

祝願作者的文字能夠讓我們有更多反思，讓我們更加珍惜每一個瞬間，並對生死保持敬意。

自序
包攬人生的「家族生意」……啟程／本書作者

生老病去是人生四大階段。而筆者家族的工作範疇，都是圍繞著這幾個主題衍生的。

筆者在家中排行最幼，對上有兩位姐姐。大姐是語文老師，成長期由她作育英才；二姐是專科醫生，對付成年後病變是她的本領強項。至於百年之後，則會交由筆者這位幼弟處理後事。所以家族使命，誇張點說是概括了人生的主要流程，是包攬了人生的「家族生意」。

當然，這樣歸類她們的工作為「生意」，是對二人的不敬。

春風化雨、懸壺濟世，兩位姐姐都是值得尊敬的人。她們的出發點是貢獻自己力量，回饋社會。工作日子愈長久，也希望自己能做多一點，不要只把自己的工作視為生意而已。

本書分享的經驗故事，是筆者多年工作中的深刻體驗。內文當然有一點改動，以免主家看到觸景傷情。

人生如下棋，舉手不回、落子無悔，到了「埋局」時又是否真的無憾？旁觀者本該不語，只是希望和有緣人分享，到有一天輪到自己埋局之時，是否已做到步步有道？

最後，當然要感激賜教和養育的各位祖輩親朋，這都是珍貴的緣分。編輯在這次出書的過程中也付上了不少心力，在此感謝。最重要是，他日自己大行，期望祖師不會嫌棄，弟子有努力實踐人生。

目錄

The Last Stories

最後的故事

殯葬禮儀師之晝夜行事錄

·概說身後事·

1 — 最美味的辭世早餐

「明天早上你買一份早餐放在先人靈前。可以是他生前喜歡吃的東西，不過千萬別要有牛肉。」相傳鬼王是觀音化身，亦有因應鬼差是「牛頭馬面」，所以不可得罪。

堂倌這一句在坐夜後離開靈堂前的囑咐，變成了筆者一夜未眠的經歷。

重點是主家長子偉明，是一個極度嚴謹的人。「不含牛肉」容易處理，然而「生前喜歡吃的」成為了一個最重要的關鍵詞。

「不好意思，這麼晚還打擾你。關於我爸爸靈前那份早餐，有點事想和你商量一下。」來電的時間是凌晨兩點。

「不用客氣，請問有甚麼不明白呢？」筆者早已習慣在不清醒的狀態下裝出精神的語調。

「剛才你同事說明早要買一份我爸爸喜歡的早餐放在他靈前。我思前想後，才發現，我都不知道早餐他是吃甚麼的。」偉明不好意思地說道。

因為了解主家的性格，縱使還是有點「神志不清」，都不能用「隨便一份沒有牛肉的」這句來回答。

「意思是，你沒有留心過他早上吃甚麼？還是他根本沒有吃早餐的習慣？」筆者最希望他

說「爸爸沒有吃早餐習慣」，然後就可用「那就買一份你認為好吃的」來做結案陳詞。

「他應該是會隨便吃點雜糧便出去晨運，跟著再去吃一頓較豐富的早飯吧。」

「那不如以清淡的食物作為這份早餐的準則？買一碗粥也可作為是先人的一份早餐。」只能夠做出「順水推舟」的建議了。

「他最討厭食粥，說小時候吃太多已吃到怕。」運氣不好，想法又碰壁了。

「你跟他口味相近嗎？這個也可以是選擇原則。」以後應叫堂倌說「買一份豐富而無牛肉」的早餐，應會省卻不少麻煩。

「說來慚愧，是完全不同。唉，我真的不夠關心我老爸……」偉明的說法帶點內疚及自責。

別少見多怪，筆者本來想說，反正又不只你一個是這樣，但還是把這句吞了下去。

「是了，我可以明早問他的晨運友！」偉明猛然想到解決辦法。

筆者不敢說出「若果他們都不知道」的想法，畢竟這是主家主動提出的解決方案。

「偉明你真夠體貼，很多後人都只是在自己吃完早餐後，再在同一家餐廳外賣一份去靈堂……」筆者即管嘗試最後給他一個折衷方案。

「我爸爸從小就教我要做一個正直的人。剛才我在靈堂應諾了你的同事，就必須要做到；

更何況這是他的最後早餐。」聽得出偉明最後幾個字是帶哭音的。

其實筆者住的地方和先人晨運的公園只是十分鐘車程，既然主家這樣有孝心，筆者也樂於奉陪，於是約好了明天清早五點三十分在目的地等。

翌日筆者準時到達，已見到偉明和一班老人家在攀談。一見到筆者，偉明面上就露出難色。

「這位是福伯。他已經告知我，老爸晨運後會先回家沖涼，再去吃東西。那家叫〇〇記粉麵店，在這裡走十五分鐘就到。」

「他經常跟我們說，那裡是他吃過最好味的粉麵。我不喜歡粉麵，所以沒有陪他去吃過。而且開門時間也晏了點。」看得到福伯眼眶也紅了。

「原來這間粉麵店沒有早餐供應，所以我老爸是晨運後先回家，再等到十一點出門去吃麵。」偉明也明白今早出殯的時序表，知道不可能臨時改遲時間。

「先去看看有沒有人在店內。有人就硬著頭皮去請求檔主早點煮一碗出來，真的沒人才去其他地方買吧。」到了這個時候，筆者也認為應該要堅持到最後——既然先人認為那裡有最美味的早餐，就沒有理由不去努力盡點心思，即使是求售多付也得要接受。

到了〇〇記粉麵店，目前還是早上七點。本來我們打算等到八點，要是碰不見店主便去另一家買。而不到半小時，我們便見到老闆來開門了。

「你好！我是勝叔的兒子偉明。我爸爸上月過世，今早是他遺體去火化場的日子。我們想……」話未說完，只見老闆揚一揚手，示意不用說下去。

「勝叔在上月二十號開始沒有來等開門。是十九號走的嗎？」

我和偉明也有點驚訝老闆的好記性，那天正是勝叔去世的日子。偉明點點頭，然而在開口請求前，老闆已先說：「勝叔最喜歡吃魚球河粉，我現在就去弄。」

我們坐進餐廳等待，十五分鐘後，老闆拿著兩碗外賣河粉出來。

「不好意思，魚球和湯底都未有時間處理得好點。」老闆把兩碗河粉分開包好，「其實我也隱約猜到，勝叔幫襯我十多年，不會不辭而別。多年熟客，這一餐是我請他的，不用找數給我了。」

「另外一碗，是給你的，你也嚐一下吧！」老闆把兩碗魚球河粉遞給偉明，「勝叔和我聊天時提到，你不喜歡吃中式粉麵，所以從來沒有叫你來陪他吃。今天就給個面子，嚐一碗吧！」

筆者意會，主動幫忙拿著先人的一份早餐。偉明也明白了，就地默默地打開那碗魚球河粉，就地吃了起來。只見眼淚一滴滴的落在河粉上，在老闆面前哭笑不分地吃著。

後來筆者也偶然會到○○記粉麵店吃一頓午餐。雖不敢說那裡有世上最美味的粉麵，但那一頓肯定是極富人情味的孝道大餐。

帛金心意

有人或會將「白事」之金誤寫為「白金」，其實正確的寫法是「帛金」。

「帛」是絲織品的簡稱，包含了貴重之意（所以「財帛」會連成為詞彙）。既然帶有珍重心意，也就不好隨便拿個白信封來寫。在殯儀館前台或禮堂迎賓處，都會有帛金封提供取用。

至於封面寫法，較正規的格式，是由右至左直行書寫。首行是是「虔具〇〇奉」——說明敬奉了甚麼東西。以前除了是金錢外，有人還會放入其他貴重物資，即是「帛」的泛義。不過現今很多帛金封都省略了這欄目，畢竟金錢現在是萬能之物了。再者，要在帛金封上寫上金額也不免有「市儈計較」的突兀感，所以都略去不寫了。

而居中「奠」字下，是寫先人姓名——男的加「千古」、女的加「靈佑」、教徒就加「主懷安息」等；親疏關係不同又會有些變化，不過大體也是以這三類為主。

下款是致送人名字，是在「敬輓」字上面寫自身姓名。而現實情況很多時都只會填寫這個欄目——因為帛金都是交到主家迎賓處，主家只要知道是誰奉敬即可，其他欄目委實沒多心情理會。

而帛金究竟多少方為「公價」？這是各人心裡較大的疑問吧。帛金數目首先要是單數，這是「好事成雙」的反向意頭，大剖分人都曉得放多一元硬幣在帛金封裡。按這個道理類推，可以是301、501、701等，或按各人心意覺得合理之數。若再細分，白事禮堂面積愈大，帛金的禮數也因應加多。惟跟紅事有別，帛金是沒有所謂的「公價」。帛金心意有時是出席的附加值，不全由金額來反映。

迎賓處除了有帛金封、吉儀和簽名簿外，都會準備「禮簿」給主家。很多人都會問這本禮簿有何用途？這是用來記錄賓客的花牌和帛金數目之類，亦因為傳統上不能「禮下於人」，故賓客是時的禮數，到日後自己要去別家的儀式時，就有數據參考。換句話說，這是以後萬一要做禮的參照指數。不過現時對這些都不著重了，所以很多主家會選擇在火化場把禮簿一起火化。

做事的習慣和心思在不同年代有不同演化；下一代的帛金用e-payment，相信也不遠了。

吉儀用意

教會葬禮用的吉儀封和傳統用的有點不同，多數會用印上「謝敬」的白封。雖云辦喪事主家回禮時應說「有心」而不是「多謝」，然而謝敬之心也為溢於心而不便宜之於口而已。

吉儀內裡代表主家心意的，分別為一元、一顆糖果及一張紙巾；若嚴格細分，有沒有紙巾的吉儀，還是有先後次序的。一元是作為對帛金或心意的回禮，至於有說將之帶回家會意頭不好，只是一種講法。現在殯儀館都有收集箱收集這些一元來做善事，故捐出也為善舉。而糖果的意義為借甜味來減輕悲傷，故吃掉（淺嚐也好）屬尊敬。這都是坐夜準備的吉儀，不只是給賓客，就是送花來的工人也以吉儀回禮，因為他們也算是賓客的半個代表，這些吉儀也算是間接回給敬送花籃的親友。

到了第二天出殯之時，吉儀封要加入紙巾，含意是給各人抹去眼淚不再悲傷。因應是告別先人的禮節，不只賓客，就是連主家所有人都要拿吉儀才上車到火葬或土葬場地。到辦完事脫孝服之後，便把這封吉儀打開，吃掉糖果，用去紙巾及一元。所以，坐夜的吉儀和出殯的吉儀，會因應情境上的不同而作出有沒有紙巾的調整。

不過到現今很多時吉儀都沒有這種區分了，主因是吉儀都是由業內行家而非主家自行準備——以往做事，都會把吉儀封交給主家，囑咐主家事前放好硬幣、糖果

及紙巾，封妥吉儀才到會場。現在很多時吉儀都是由業內工作人員做好再拿去現場，主家不用操心。而如果在出殯早上才為吉儀放入紙巾的話，人手上又未必可以調配得到，所以在長生店內處理的吉儀，大都是三樣元素都齊集了，這樣才不致於出殯日有任何遺漏而禮下於人。

說到這裡，究竟是時代進步、抑或是退步了？的確難以判斷。

纓紅利是與纓紅宴

「纓紅利是」——即是在白事辦完後、除服吃飯時給予賓客的紅色利是。現在很多時主家會在前往或離開火化或土葬場地的旅遊巴士給予賓客，因應賓客的出席情況而派發。

較傳統的纓紅利是，包含四樣元素——扁柏、紅線、針及兩元硬幣。現在已絕少放針了，因為利器始終容易構成損傷之險，未繞紅前怕會適得其反。正因如此，本來會用較幼的紅線現也配成較粗的紅繩，不用與針相配，也感覺「大方」一點。至於扁柏葉，主長壽常綠之寄意，也帶著點點香氣，不受蟲蛀，扁柏在墓園也是常見樹木。而好事成雙，紅色利是自然取用雙數，所以是兩元硬幣而非只有一元是也。

本地做法，纓紅利是主要是在離開火葬場前派發。離開火葬禮堂場地後，主家和賓客都會先「過火盆」及以「柚葉水」洗淨，之後便領取纓紅利是，然後才登上旅遊車，是完成白事後百無禁忌的儀軌，是否出席「纓紅宴」（英雄宴）也沒大關係。

「纓紅宴」是主家在殯葬儀式完結脫了孝服後，跟親友一起吃的一頓飯。「纓紅」為「簪花掛紅」，寓意為白事過後一切順境。至於「解穢酒」則是主家在儀式守孝期間，以素菜招呼親友的一頓飯，有「解憂、安慰」之意。

而之前送了花牌等、於坐夜和上山都無暇出席的賓客，也應由其他人代領纓紅利是作轉交，此舉也是主家回禮及完事無忌的表示。

纓紅利是和吉儀不同，是不應盡快或離開場地便去「處理」的。有人說應拿回家好好保存一段時間作為紀念，這也似乎只是門面說法多於實際操作。於離開宴會後，不在主家視線範圍時再作處理，便是最合儀禮和人心的做法。

謝聞 VS 有心

一般人得到別人關心，大都會自然說聲「多謝」，這是人之常情。而在辦白事之時收到別人的關懷，傳統上是說「有心」而不是「多謝」，這是因應事件性質的不同。

真的想要謝謝，有人會在白事儀式後刊出一個「謝聞」。不過時代不同了，相關的禮數在現今主流的處理模式中已很少見。現今於報紙見到的謝聞，主要是教會相關的白事為主。而「謝」這個大字，是否可以印紅色？這因應先人的年齡及主家的心意而定，不一定是「脫孝」後就一定要「見紅」。而姑勿論謝聞內容如何，下款都會用「泣叩」，以示哀思。

「訃聞」至今則還見有，那是主家給各方親友的出殯通知，現在多數是透過社交媒體發出，讓親友知道日期及地點；而在報紙刊登訃聞的主家，往往是具有社會地位的反映。

2—「月照寒潭」的冷式孝道

中國的殯儀倫理以「孝」為先，所以後人會穿「孝服」，所云「披麻帶孝」，是寓意「恩澤未報」。倒過來說，若然子女比父母先過世的話，長輩是不能送晚輩上山的，因為這也是一種「不孝」。

只是，孝順或有多於一種的演繹方式，而且也未必容易理解。

「啟程先生，我們母子二人都不想『披麻帶孝』，想穿回普通衣服。」馬先生來到長生店，在筆者未開始講述處理方式前便已先表明立場。

「馬先生的意思是不用任何宗教儀式，還是都會用宗教儀式而不想帶孝呢？」筆者要先搞清楚主家的心思。

「是不想用任何宗教儀式外，也不想著孝服。」

「這樣的話，行內俗稱『維新』，即是不採用任何宗教儀式，不上香、也不祈禱，只是一個聚會追悼先人，而主家一般都會披上黑袍以作區別……」

「不好意思，啟程先生，我們的意思是黑袍也不披。媽媽和我都會穿平常衣服。明白是要沉色一點。」馬先生打斷了筆者的說話，再重申自己的立場。

「請問賓客多嗎？要考慮客人也多數會穿沉色衣服，這樣跟其他客人會較難分別身分。或者帶一個黑紗或頭紗，又或者只是扣上別針……」

「賓客應不會有太多。可以的了，穿回平常衣服，是我和媽媽的共同意思。」

望向馬老太，發現她的表情也十分堅定。筆者亦不再多言，只好按主家的意思照辦。

「那就用『維新』方式處理，馬先生和馬老太就穿回素色日常便服。靈堂布置也相對會簡潔一點，主要會放些花點綴……」

「甚麼也不用布置，只要中間放一張大相便可以了。」馬先生的要求很具個人風格。

筆者覺得自己不能再「多口」了，要以主家意見為先，也不應該再發表意見。

「明白了，馬先生想的是盡可能低調安排吧！」

「是的，這都是我和媽媽的意願。我們想盡量簡樸。」馬先生點了點頭。筆者本來想說簡樸不等如甚麼都沒有，只是也不能得失主家，也就作罷。

依筆者過往經驗，這類主家現階段的想法或許在之後會有變，例如回家後想了又想，又或者有其他親朋好友的「好意」參與商量，之後想法有所改變，所以通常我都會準備好「後備方案」，以免到時真的有變而措手不及。

只是，這次是例外。極其簡樸的取態維持到做事當日，一如其意向進行。主家母子穿著一般衣服，並沒有孝紗識別。祭帳、花牌一個都沒有（據聞主家之前已與賓客溝通好），整個靈堂接近沒有布置，只有先人遺照掛在中央，就連接待處也沒有迎賓人員。這一次是最極致的維新儀式了。

不過，主家還是有一個想法，拿了音箱過來，播的是琵琶奏出的曲目，這個反而引起筆者的好奇，堅持低調簡樸的話，又為何要播放音樂？

當晚大部分到來的賓客對靈堂的「簡陋」都頗為詫異，換了是筆者初入行之時，一定會怕經過的行家嘲笑，以為自己甚麼都不懂而沒有做。那晚筆者雖然覺得有一點渾身不自在，但也算是順利度過了。

到了第二天出殯之前，馬先生很早來到，他拉著筆者到一邊去為儀式做結賬，甚為友善。

「啟程先生，辛苦了，昨晚的賓客都欣賞這種氛圍。」馬先生一邊遞上支票，一邊滿意地說。

沒可能吧！這只是你的個人想法吧？賓客又怎會直言欣賞呢？當然這些話只能埋在筆者心中，沒說出口。

「請問今早還會播琵琶曲目嗎？」筆者輕輕問道。

「不用了，」馬先生爽快地說，「『月照寒潭』的意境，到昨晚為止應足夠了。那是爸爸吩咐的最後一件事，我就照著去辦。」說罷便向筆者點了點頭。

筆者後來請教了前輩，才得知那是命理中的格局。

所云「月照寒潭」，相傳富貴聰穎之人，總是六親緣差，若跟人過分親熱，必有禍患湧至。所以說，後輩都不應該太過孝順，免得造成麻煩。

筆者當然未能完全認同這種觀念，有自絕於人的意味。只是這種冷式孝順，是馬先生和母親的意思，還是先人生前的遺訓？是否真的是一種迷信，還是有一定理由？

後來在網上搜尋一下「月照寒潭」的意思，查出一首杜牧的《秋夕》：

「銀燭秋光冷畫屏，輕羅小扇撲流螢。天階夜色涼如水，臥看牽牛織女星。」

先人的文人風采，或許更能在詩詞中反映吧！

孝服的變調

「喪服」這個古稱不大好聽，所以現在都會以「孝服」稱之。至於最多人泛稱的「披麻帶孝」，是屬於一個典型的形象概念。若然以舊日的「成服」與「除服」理念來處理，恐怕現在大部分人都算「不孝」了。

傳統「五服」的麻布、苧布、藍布、黃布、紅布，要分不同身分角色而穿上。孝男、孝媳、未嫁女、長孫為第一類（麻布）；出嫁女、孫、姪為第二類（苧布）；然後是曾孫（藍布）、玄孫（黃布）、來孫（紅布）的分別，如今都是概念多於現實情況了。

若以現今本地來說，主要是以宗教儀式或是否坐夜來作處理。

會坐夜的，現在的做法是由主家自己準備白色衣褲及白鞋（當然也可選好尺碼訂送到殯儀館），而披外面的麻帛則是由我們業內人士預備。原則是盡量簡樸以示哀，所以不穿襪子只著白布鞋（白飯魚）為合；然而也並非必定，反正穿上白色舊鞋也可接受。

已婚孝子頭飾為「麻草圈」，孝女、孝媳為「麻頭罩」。至於古時多見到的「孝仗」現今較少出現，一來沒有實際需要（趕動物或攙扶用），二來就是在做儀式時，都會有相類的紙紮幡物，所以已盡量不用太多「裝備」了。

至於採用教會儀式者，主家大都是穿著黑白色衣物為主——黑色西裝、白恤衫，加黑領帶，又或是簡單地黑色套裝配白恤衫即可。

至於不屬於任何宗教的，較傾向以黑色長袍套在外面，此舉算是取自佛教文化。

若不坐夜而「院出」（即不在殯儀館做儀式，只在殮房外面做簡單送別禮之後便去火化場）的話，就以更簡約的方式來處理。主家後人穿素色衣物出現就可以——男的左邊衫袋扣黑紗，女的頭花扣在右邊，分別為白色（女兒及媳婦）、藍色（內孫）或綠色（外孫、疏親）。因應整個過程大都是自己人做事而且時間相對不長，便沒必要做太多配置了。

孝心是德行，並不全由衣著來反映；簡潔而具辨識度，正是儀式在現代的演變方針。

出殯琴師

早前留意到廣州殯儀館出過萬月薪招請鋼琴師，工作地點是殯儀館的告別廳，曲目當然就是一些懷念主題的相關音樂，如《世上只有媽媽好》、《真的好想你》等，吸引不少琴手應聘。

在香港要用到鋼琴師作出殯伴奏，主要就是進行教會儀式的喪禮，尤其在聖堂出殯，場地本身備有鋼琴，即場彈奏是理所當然的選擇。至於曲目主要就是聖詩為主，作為教友的伴唱音樂，有時在儀式開始前也會彈奏輕音樂，而除非是主家特別要求，一般都是聖詩曲目而不是「自選曲目」。

若然是在殯儀館做儀式，場地本身沒備鋼琴，則多會是以播放音樂的形式作唱詩伴樂。要知道，香港的殯儀館主要是提供空間，設備主要就是電視機和擴音器之類。

據稱廣州殯儀館的鋼琴師其工作時間為早上八時半至下午六時半。「因為廣州這裡是第一個流行這種西洋樂器的，我們也是在摸索，看看中西結合效果怎麼樣。」這方面在香港尚未普及，相信需要一些時間去「摸索」。

樂功之角色

之前說到廣州殯儀館的鋼琴師崗位，然而香港的殯儀館目前是沒有這個工作崗位的。在我們的殯儀館見到的樂師，主要是以中式樂器為主，進行道教相關儀式。

道士的技藝，本身是包括了吹、打、喃、跳、唱、書、畫和紮，只是現今社會都較細分工，所以吹和打交給了樂師來處理。樂功是配合喃和跳而運作，加上樂師都不會穿上「制服」（道袍），所以感覺上又好像身分不同了。

樂功在打醮時（太平清醮）會較受留意，在出殯儀式中則較像配角，焦點都會落在其他師傅身上。但和教會儀式相比，樂功在道教儀式中還是有十分之大的重要性。樂功和其他功藝的配合，在整個儀禮中是不可或缺的，並不是配樂這樣簡單。

打跳功與舞藝

道教儀式中的樂功之能，並不只是「配樂」這樣簡單。而說到「破獄」儀式，眾道士穿花蝴蝶步，並有高功拋劍破瓦，這些都是屬於打跳的技巧。

「破拔地獄」是超升先人的意思，並不是說要破壞甚麼。也許因儀式進行時靈堂會關燈，而且破瓦動作清脆利落，所以往往在賓客眼中會成為焦點。賓客在觀看之時，有的反應儼如在看show（只欠拍掌），而有這個感覺又是否有問題呢？

其實這方面也毋須糾結。事實上，以前打醮之場合完成儀式後，道士也會有武功（打功）的相關表演，其中也包含了給村民娛樂的氣氛，和神功戲一樣，具人神共享的意味。

至於現代群體舞中，有否相關步法跳功？說來有趣，其實看K-pop的視頻影片，都算是見到相關跳功的「發揚光大」。

破地獄儀式

為何道教打齋法事很多時以「破地獄」來作一個概括的稱呼？除了是因為這個名稱本身較見氣勢外（上文已說過破者其實是指超拔而不是破壞），也因破獄儀式在整個儀軌是最吸引眼球的部分。

破地獄進行時，場地通常會先關燈，故各人目光自然會集中在場中的鐵爐之火，氣氛上也自然有較多期待的心態。圍著的九塊瓦片以八卦九宮來鋪設，象徵了九幽地獄；道士打碎這些瓦片，寓意是令地獄穢氣不會桎梏阻礙。

從在場賓客的角度出發，中間過程有數處較為吸引，其一是道士會把手中木劍拋高（附著沾油著火的元寶），劍會在空中打圈，跟著要再接牢；其二是過程中道士會含水噴向鐵爐，閃出剎那熊熊火光；其三是五位師傅的步法要配合走位如穿花蝴蝶，不會錯位相撞。而最多人「欣賞」的，當是提劍道士如旋風般的快速自轉打圈，眼力不足者觀看時也不期然會覺頭暈。

對於儀式作法的效果以科學來說沒法求證能否達到，然而也絕不是無的放矢。

正一派道士的「魚貫躡步」及「穿正花紋步」，目的是為先人引導及拔導指引。道門的「步罡踏斗」（源於禹步）有民間禮樂的背景，然而要明白道教步罡，是要配合不同行法，並不是輕易做到。拋高劍後用力打破瓦片，重點並不是劍有多高，而是有用力提拔覺醒的含意。瓦片上的油火意象是地獄中的業火；道士自身轉動是有兼及八方的含意，是配合著步法神飛九天的冀願。

當然，不能完全否定這些法事沒有「做騷」的意味，業內良莠不齊也是不爭的事實。以法輔助去脫離苦難是破獄的含意，這儀式也不是必須的，亦不論先人年紀，很多時是視乎主家的心意而進行。就算旁觀者覺得只是噱頭，對主家來說，背後還是有其意義。

行業內有某位出名的師傅，其暱稱就有「風車」兩個字在內，原因當然可想而知。儀式除了是對先人的敬意，多少也是為了讓後人解開心結。

3 — 拿不定主意的未亡人

最難處理的主家，不是要求高的那一種，而是甚麼都拿不定主意的類型，會使大家都心力交瘁。其實不論甚麼行業面對這類客人，都會十分頭痛吧！

「霞姐你話怎麼辦才好？」陪著狄太的是她的好朋友，在整個解釋後事處理的過程中，最多重複聽到的，就是這句對白。

由最起先選擇殯儀館開始，就是拉鋸戰的序幕。

「很怕見到這麼多棺材在同一條街出現，紅磡區這幾間就不要了。」

「那還有北角一間、沙田一間、大角咀一間及鑽石山一間。如果想要環境相對沒那麼吵的，可以考慮鑽石山。」筆者不是第一次接觸怕見棺材的人，而且也不屬少數。

「客人去鑽石山會不會覺得不方便呢？大角咀是否會方便一點？」跟著又是那句怎麼辦的對白。

「客人要來的話，不論何處都會到的，所以位置應以方便自己為先。」這都是行內的公式答法。

「都是在紅磡區處理好了，始終狄哥生前也常到紅磡、土瓜灣這邊，親朋戚友理應懂得這邊的交通。」霞姐先幫狄太拿下了第一個主意。

再到靈堂面積的問題。當筆者問到主家自己人有多少，大約預估有多少賓客會出席，狄太又好像回到迷夢中。

「我都不知道有多少人會出現。我們只有兩母女，女兒還未結婚。其他人等，我就不知道……」狄太欲言又止，「賓客人數，我想過百人吧！我老公生前有好多朋友的；是了，我應不應該通知所有親友好呢？只是有些人未必會來……」跟著又是公式對白。

「這個我也不好說，萍萍（狄太的女兒）會有頭緒嗎？」這次霞姐也給不到實質建議。

「萍萍說過，我想怎麼辦就怎麼辦，這樣才最麻煩。」狄太又做出不知所措的表情。

「可以給你兩個方案，一個是房間坐八十人左右的，另一個是大禮堂可容納數百人的，你們之後商量好再決定也可以。」筆者也不想糾纏下去。

決定了用佛教比丘尼坐唸後（中間當然經過猶豫不決的討論），狄太又說到一個難以捉摸的細節——關於要穿白布鞋的話題。

「其實是否一定要穿『白飯魚』呢？我覺得披麻帶孝已夠了，那些鞋我覺得像小學生上課穿著的樣子。」究竟穿白布鞋觸及了她的哪一條神經線？筆者真的想不透。

「狄太你穿素服、素色鞋也可以，不一定要白布鞋，或者到時帶條腰帶吧；至於女兒，就應該穿全套孝服，也包括白布鞋。」筆者心想，要適時提出一個決定給她。

「其實我也不太想見到萍萍披麻帶孝又白布鞋的，心裡也有點不舒服，像虧待了她。」當然之後也是重複的經典對白。

「你還是要問一下萍萍。反正你也不用替她定主意。」霞姐也開始不想參與太多決定。

「我先預備麻白和全套孝服。到時再決定也可以，若真不想要就不要。」還是別糾纏在枝節好了。

跟著由是否要加紙紮（佛教儀式本來不用紙紮），要否在坐夜晚上預備素餐，以至出殯早上吃纓紅宴的選項，都有一番左思右想的交流。

結果好像是決定了很多東西，但未決斷的還有更多。不過筆者認為，狄太所顧慮的重點不在儀式方面。

到了坐夜的晚上，主家狄小姐陪著狄太出現。

一見面未及穿孝服，狄小姐便拉筆者到一旁說話。

「啟程先生，不好意思，跟我媽媽溝通很辛苦吧！那天我有事未能陪她一起來，抱歉。」狄小姐甫開口，便一臉歉意。

道。

「沒事的。其實今天我預多了幾套麻白和白衫褲，大約需要多少套才足夠？」筆者直接問道。

「媽媽跟你說了？」狄小姐有點吃驚。

「沒有，只是猜一下，應是素來有很多事情都控制不到，所以狄太便漸漸形成不想決定的習慣。她是不想面對吧！」

「是的，媽媽在我小時是很果斷的。後來爸爸在外面有了第二個後，媽媽吵了多次也沒結果，又可能因為我而不想離婚。慢慢的，她甚麼事都不想理、不做決定，人反而開心一點。」

「其實我和弟弟偶爾都有見面。兩個女人其實都是受害者，他媽媽也是『睜一眼、閉一眼』，裝作不知道而已，大家都為了保存孝道。弟弟晚一點會來到，到時再看情況……」狄小姐補充說道。

「是時候由你拿主意了。現在支持著狄太的，正是你的主意和堅強。」筆者相信狄小姐一定可以做到。

不拿主意的藝術，不全是只因性格使然，還有是世道的磨練吧！

孝子祭文

步入布置好的靈堂，抬頭望向左上方，大體都會見到一大塊白布寫著「昊韷罔極」或「劬勞未報」等字。這塊祭文布，下款只會寫上先人兒子的名字，是所云的「孝子祭文」。

說到孝子祭文，上款是先人名字，下款是眾兒子名字。居中的內文，男先人用「昊韷罔極」是指恩德浩瀚，如天之無限；女先人用「劬勞未報」，意思是養育恩澤，未有報答。古時會由孝子自身手筆大字，現今則大都是印製品。

現在的教會葬體儀式，也可見到孝子祭文的呈現。位置、上下款也是相若的一大塊白祭布，而內文是用教會用語，如「主懷安息」、「歸於天家」之類，背後也是為了表達作為孝子的心情和祈求。

女兒名單不列入「孝子祭文」，含意是女兒始終會外嫁而改成外姓。不過，事實上很多孝女比孝子都還要貼心，傳統就只是一種風俗習慣而已。

至於先人膝下無後人的話，一般則不會掛出祭文布。

買水的孝道

傳統上有「孝子祭文」，卻沒有「孝女祭文」。而說到「買水」這個儀式，也是由先人的子侄來負責。

買水的意思為「買天水」，連結上的是「擔幡」——由嫡系子或孫提著引魂幡，寓意引領靈體升天。買水的本意是由兒子或子侄到最近的河流，扔錢入河，以換來最優質的水回家，於先人大殮之前作潔淨遺體之用。

儀式在現代的處理上已有不同的演繹方式了。首先，儀式中若無選用紙紮品的話，那就沒有幡可擔，就只做買水儀式，故「擔幡買水」中以買水才為主軸。另外，現在當然不會去河邊請水；做法是在靈堂把硬幣放入水桶，然後用盆取水來用。

買天水的含意，是後人請最好的水去服侍先人。買水儀式以「求水」來形容最貼切，因應是要替先人洗去塵俗之染，沒有孝心理應是求不到上好天水的，所以買水時後人應抱持這份祈願，不應只見是水桶之水而心生輕浮。先人福報，是不應行禮如儀。

買水是由兒子擔當，沒有兒子的話，就由子侄取代。不過若然子侄本身是獨子的話，則多不會代勞，原因是每丁只限買水兩次，故要考量次數留待後用。若先人獨身，多以大悲咒水灑淨來代替買水儀軌。而由喃嘸先生引領親屬繞行棺木的「請水運財」，是買天水提倡孝道的引伸做法。

守孝與脫孝

現代人生活節奏急促，儀禮也隨之作出調節。完成出殯儀式後，往昔禮數是子孫後人「守孝」三年（實為二十五個月）。現今則較難做到，畢竟生活習慣都不一樣了，例如說三年內不可結婚，對後人來說似乎太「不近人情」？

現時的做法，於上山或火葬場完事後，接著便是「脫孝（服）」，然後以柚葉水清洗和派纓紅利是，這便是「上山脫孝做英雄」了，基本上不再強調守孝期。現在守孝的公約數，以一百天為期，在這三個多月不出席喜慶之事，心懷先人也算是做到本分了。

話說回頭，有很多守孝方式在現代是難以遵從的。在居喪期間穿著沉色素服還算容易做到，但不能洗頭，於現時動輒要等三、四個星期才有日子辦白事的時代，實在難以遵行。而要在出殯前期間扣上黑紗等，也未必是人人可以接受到。

守孝除了是尊念之道，也帶有慢慢淡化事情，一步步釋放主家人情緒的過度意義。現代人以較長時間思念先人，或許已變成一種奢侈了。

4－撒骨灰的最後抉擇

以前撒骨灰是甚少人接受的做法。正如以往以土葬為主流，火化遺體被認為是不尊重先人。然而，隨著城市化和政策推廣，火葬已成為現今主流；再因應骨灰位供應不足或安灰限期，火葬後撒灰，已愈來愈多人採納了。

之前有這麼一天，同一個星期天，三位不同主家在不同時段於同一個場地撒灰。

秋哥的太太過身了，一直糾結如何處理其骨灰。

「親戚都覺得我要安個灰位紀念太太，但我不想這樣處理。尤其見到兩個兒子工作繁重，不想對他們造成困擾呀。」

秋哥的兩個兒子都移民了，因工作在身而無法趕回香港看望病危的母親，直至母親走了，到辦後事的階段，才有時間回港。

「不是他們不孝，而是生活壓力呀！凡事都有代價的。」秋哥一再強調，「我都想有個灰位在，他朝我百年歸老跟太太合葬也好，不過這樣做對兒子來說，不又是一份偶爾要回來的無形壓力？」

「也不一定要親身回來的。在外地也可以化寶，只要多寫一張路票便可以。」筆者言下之意，就算後人都在香港，也不保證一定會來拜祭。

「其實我自己到這個年紀，去拜太公山的次數也不多，而且也覺得沒甚麼意思。既然自己都不想了，為何還好像要迫子孫遵循？」秋哥如喃喃自語的說道。

既然主家心意已決，便約定時間在灰樓的指定撒灰地點處理。主家可以選擇在紀念牆加裝紀念碑，但秋哥最後不想有這個安排。

「就不要留下尾巴了。日期就你們方便，如果是星期日，相信場面會熱鬧一點吧，不會那麼冷清。」

筆者也就安排了儀式在星期日進行。確實，星期日的骨灰樓人氣較旺。

就這樣，秋哥選擇了在公園撒灰，而最後也沒有加裝紀念碑。

***

「連紀念碑都沒有安嗎？真灑脫呀！」

另一位主家後人家明在遠處見到筆者在工作。到了他的預約時間，便上前向筆者打招呼。

家明的父親仙遊火化後，本來計劃是要安灰的，還說要在甚麼風水好的骨灰樓，直至知道灰位只有二十年限期後，他便開始猶豫。

「那二十年限期滿了後，會如何處理？」那時向家明講解了灰樓的限期後，他感到詫異。

「若找不到相關後人付後續費用，署方有權以任何形式處理相關骨灰。」筆者也只能搬字過紙來說明。

「是棄掉的意思嗎？」

「因為政策才剛推行幾年，還未有類似經驗。之前署方的灰位都沒有訂立存放限期。」

「就是了，我記得其他世叔伯都說是永久使用。」家明附和道。

「如果把先人的骨灰當垃圾倒掉，我怕會遭天譴呀！我怎知道之後的後人還會不會繼續付錢呀……是了，那可以付多點費用來取得永久使用權嗎？」家明愈想愈覺得不妥。

「暫時未推出這個選項。」筆者也只能說些似是而非的理由，「其實世間沒有永遠的事情——這個才是永遠的真理吧。」

出於有機會沒有人在二十年後「接盤」的考量，家明選擇了在灰樓公園撒灰，不過他還是有為先人加裝紀念碑。

***

「為何沒有加裝紀念碑？是老爸說不要的呀！」

下一位預約來到的是崔先生，他在筆者替上一位主家安裝好紀念碑後，便開始撒灰。

崔先生跟筆者年紀差不多，是同輩朋友，他父親生前已指定要撒灰，而且主張一定要到指定地點，一定要用署方提供的撒灰容器，不准後人徒手處理，而且也不要加設任何紀念碑。

吉日這天，一大班親朋好友都有到場，大概是有親友見到筆者替上一位主家安裝紀念碑，便向崔先生提問，並帶點責難之意。

「從來不覺得父親是甚麼環保先鋒，但不知道為何他說一定要撒灰。」崔先生也大惑不解，「親戚都說我不孝呀！我差不多要逐一解釋，說這是老爸生前指明的做法。」

「兩年前你父親幫了一個無親無故的好朋友處理了後事，也是在這裡撒灰的。他可能認為這樣做妥當合適，便提出跟著這個方式來為自己處理。」

「那我要怪你之前安排得太妥當了吧！連累我被那班親戚怪罪啦！」崔先生向我偷偷地做了個鬼臉，便轉頭招呼親友。

其實筆者不敢說，那位同性朋友其實是他爸爸的戀人，是先人那時向筆者言明的。即使不能合葬，也想在同一個地方長眠相伴。

「願你們離苦得樂，情切自在。」——筆者在為崔先生撒灰時，低頭默默唸著，等著他們的迴響。

骨灰之量

經火化後的骨塊，是要經過研磨處理，才會成灰的，並不是火化後即成細砂之狀。在這個前提下，骨灰成品是大包或小包，要看火化後所剩下的物質。

最直接的影響，當然是「雜質」了。不論是名貴的土葬用木材，還是一般的火葬用雜木，以至環保紙棺材，在火化爐中都會燒成灰燼，並不會留下太多雜質。那會留下雜質的，最主要是陪葬物品。當然業內人士都會提醒主家不要放金屬器物作陪葬物，然而有時衣服和包包之類，也不免有某些不易燃成分，以致火化完成後，研磨的工序相對較久，骨灰有時也相對會大包一些。

至於遺體的大與小，是否也會影響到骨灰的分量？這個倒也難說，畢竟身體的脂肪和皮肉都不會是火化後剩下的物質，所以體型並不是決定因素。至於骨頭大小和密度的課題，和人在生時的身高體重也並不劃上完全等號。反而因病變而形成骨枯之類，才是最實切的影響。

骨灰的大或小包，在香港是有一定的重要性。因應本地有些骨灰位的空間相對較窄，有些主家又一早預訂了骨灰盅，假如沒預料到骨灰量較多，有時便用不著了。所以，建議還是先看骨灰有多少，才再購置灰盅，這是比較保險及妥當的做法。

環保殯葬的貼心度

香港的「綠色殯葬」做法，其實跟內地的主流方式不同。意思是花園葬和樹葬的處理模式還未完全「接軌」。遠的不說，鄰近的澳門，就更貼近內地的常態了。

在香港撒骨灰，主要就是「隨處撒」，即是往紀念花園的地上或相關海域裡撒，在同一處地方對可以撒多少位先人的骨灰是沒有限額的。而在澳門沙崗墳場，其紀念花園用的是「花園葬穴」，即是骨灰會放在「可降解紙袋」中，然後放在穴位裡，等其慢慢與大自然融為一體，就是起先有一個家的感覺，然後再回到自然，意義上更為「溫馨」一點。

至於內地很多墳場所推行的綠色殯葬，大體都是一樹一花及一穴的方式，較少如香港的無差別「大愛」。

若你問到ChatGPT說殯儀是甚麼東西，大都會有相類的答案：「確保逝者的尊嚴和對家庭的安慰。」還是不要比較好了，否則真的是高下立見。

撒灰實情

新時代新作風，近年撒骨灰愈來愈成為風氣。不過，這也似乎跟生育人口減少拉上一定的關係。以往家家戶戶後人多，逝去的長輩自然有較多人分擔其之後的白事儀式安排，相對也沒有那麼吃力。說到最白，假如不是自己雙親等直系親屬，而是要替其他長輩做後事，這往往都是因為先人沒有直系親人，某程度是「揮義氣」。選擇撒骨灰，不但過程比較簡單，就連之後的拜山也都可以省掉。這不能怪誰，畢竟現代人工作繁忙，能減少一項事務也無可厚非。

向食環署申請在紀念花園撒骨灰，家屬可選擇由工作人員代勞，故此筆者也多了在紀念花園做事。只是，有時情況也不無唏噓。撒灰剛開始在香港推廣之時，很多「揮義氣」的主家都自然會選用這種方式，但結果很多時卻是筆者在「捱義氣」，或是主家撒到中途好像沒心機，又或是一開始就不想親手做，到最後撒灰的工作便落在我們從業員的手裡。當然，也有後人滿滿的先人生前表明死後撒灰的想法，儀式氣氛自然有所不同，由親人親手撒灰的分工也是十分明確的。

不過，話又得說回來，了無牽掛的馭風而行，才算是真正的消遙吧。洗去繁文縟節，才是撒灰的真諦。

撒灰現場（上）

現在政府大力宣揚的「綠色殯葬」，重點是骨灰不佔任何位置，以撒灰作為葬送之終結，場地主要是火葬場的紀念花園，又或是三個指定海域，即塔門以東、東龍洲以東，及西博寮海峽以南（可參考網站 https://www.greenburial.gov.hk/tc/home/index.html）。

這篇先談在紀念花園的做法。撒灰紀念花園主要位於各大火葬場，即是柴灣、鑽石山、富山、葵涌、和合石及長洲。此外，離島的南丫島和坪洲都有撒灰紀念花園，位於靈灰安置所旁邊。家屬填好申請表預約，即可按日期、時間、地點進行。

署方會提供撒灰器具，主家將骨灰放入器皿後，便可以邊走動邊搖灰，將骨灰撒到花園地上，感覺有點像天主教儀式的提爐。若主家不想自己處理，可讓工作人員代勞，這是不會收取任何費用的。若然要在花園圍牆上裝置紀念先人的牌匾，署方則收取港幣九十元行政費，至於訂造牌匾當然要花數百元或以上，看設計款式而定。

事實上，撒灰後為先人設牌匾的情況也不算太多，原因當然不是錢的問題，而是世情的表現——一般在紀念花園撒灰的，大都不是主家的雙親，而是世叔伯之類，不是處理直系親屬的殯儀，多以 relief of further duties 為前提，即是以較輕省的處事方針先行。所以，現時紀念花園的撒灰方式，也間接見證了無子女後代的葬儀處理方法。

私下而不是在紀念花園撒灰的話，大都是在親近自家田園的地方安排進行，是十分私人的處理方式，這也大都是先人生前提出，後人跟著行事。

當然也有「部分撒灰」的做法，即是其中一些歸大地、其中一些入灰樓；至於這樣做法是否合適，筆者就不作評論了。

撒灰現場（下）

若不撒灰於紀念花園，主家可選擇海上撒灰，跟在紀念花園撒灰一樣，由食環署提供的「海上撒灰渡輪服務」也是免費的。

海上撒灰可於三處指定位置進行，分別是塔門以東、東龍洲以東，及西博寮海峽以南海域。當然主家也可自行安排船隻出海到上述地點，然而也是要先向署方提出申請。

署方提供的每班船，可接載二百五十人，每個申請可有十位家屬出席，即合共可處理二十五位先人的骨灰。與花園殯葬不同，海上撒灰是經「管道」滑下骨灰到海裡。署方會安排禮儀師協助家屬悼念。而官方雖云「有設施方便進行不同宗教儀式」，業內還是會建議親友除了骨灰外，只撒鮮花瓣就好，按官網說法——「儀式後，家屬親友可以撒放鮮花瓣，讓花香陪伴先人骨灰回歸自然。」

使用「海上撒灰渡輪服務」是不便進行法事的，一來化寶不可撒入海裡，二來出海時段往往不足夠進行整套儀軌。由比丘尼或喃嘸先生參與的海葬，一般都是主家自行安排遊艇出海，而不是在撒灰渡輪上進行。

私人安排的海上撒灰，有主家會選先人生前喜歡的海域，其中多為釣魚熱點，而不是上述幾處「合法海域」。這樣的話，畢竟不符合法規，業內當然不大方便參與。有船家接下這種出海委託，其實要冒很大風險，也真的試過曾有船家被逮著，尤其是那些拿著紅色骨灰袋來撒灰的主家，實在太過搶眼，此舉令各方難做。

關於殯葬的名曲《千風之歌》，說的是把自身化作親人身邊的風雪、陽光、甘露及星辰，並且告慰親人不用墳前傷悲，自身是以另一種方式去守護大家。歌曲有各國語言版本，中心思想完全一樣。

I am not there; I did not die.

提倡「綠色殯葬」，就是要有這種大愛及大無畏的心態吧！

高空撒灰

時代發展一日千里，現在香港亦有無人機空中花式表演，只是還未有「進化」到如日本，可以實行「高空撒骨灰」。

不要誤會，不是說包一架飛機之類在高空撒灰，也不是說要用無人機將骨灰帶到某處高空撒下，所需要的工具只是氣球。方法就是將骨灰裝入一個或多個透明氣球，升空直至於平流層，然後自然爆炸，應有四十公里的高度了。

至於價錢是多少？也未算太天價，大概是萬多港幣。至於地點當然有規限，因涉及到航空安全課題。當然最大的爭議，是骨灰由高空降下，於半空回到自己生活的地上（雖然理應太細碎看不到），在中國人心中始終有所謂「大吉利是」的一根刺。就算在日本，也不算是主流之舉。

「寧使人知、莫使人見」，氣球撒灰始終都要過這一關。

內地電影《人生大事》裡的情節，把骨灰放入煙花容器射上半空，這種程度的高空撒骨目前來說也許是人們可接受的「天花板」級數了吧？

5 — 老爸的棺材本

「老爸一毛錢棺材本都沒有剩下？這有可能嗎？」

「我也覺得不合理，但只能接受現實。」

約好和主家見面時間，來的是先人的兩位女兒。在解釋處理程序之前，兩位姐妹便先來了這組對白。從基本概念理解，居長的應較為習慣承擔責任的，所以第一句大多數是妹妹說，而第二句則自然是姐姐了。

以前有俗話「儲定棺材本」，不過時至今日，殯葬費用豐儉由人，所云「最後一程的面子」在現今城市的生活圈裡其重要性已不如以前，也不會有甚麼人說閒話了。

不過，當下並不是發表這些意見的時候，家庭關係是她們自己家人的事。

正想安撫一下主家之時，妹妹又開始發炮，「銀行存摺只有數千元，家裡也只找到幾百元，這不是有人拿走了錢麼？」

「你覺得三弟會離開自己家來老爸家裡拿錢？可能性不高。」姐姐還是稍為冷靜。

「你又替他說話了……」

「我意思是他這兩個星期應該不肯出門。因為他的偶像有網上直播音樂會。」姐姐對這位三弟也不是沒有微言。

接著是一陣的相對沉默無言。最終還是姐姐先開口：「二妹你不用擔心，後事費用由我負責就可以，畢竟我是長女。」

「我也應該出一分力，我和三弟並不一樣。」看來這位弟弟在二人心目中評價甚低。

「先聽聽啟程先生解釋處理方式，我們再決定如何做。」

接著筆者解說了不同儀式的詳情，然後白事細節的安排也跟姊妹倆訂下來了。

「等等，買水的儀式可以由女兒代表處理嗎？」妹妹似乎認為弟弟應該是不會出現的了。

「傳統上，若先人沒有親兒子，可以由其他子侄代勞，而女生較少會主禮……」筆者還是有點保留。

「較少同沒有是兩個概念。」妹妹的想法十分明確。

「不好意思，基本上是不會。當然，時代不同，女兒要擔任這個角色也無可厚非……」筆者就直接說好了，「其實也可考慮以『大悲咒水』灑淨，這樣由喃嘸師傅來處理便可以。」

「就由三弟負責買水，我來跟他溝通吧。」姐姐定下了決心。

「希望他不會看著youtube來買水吧！」看來這名幼子是一名「宅男」。

到儀式進行的晚上，三姐弟都準時到達靈堂。一如所料，這名幼子果然是很宅男的模樣——頭髮蓬鬆，架著厚厚的眼鏡，衣服不大乾淨也不是大問題，反正會外披孝服。

因為採用佛教比丘尼坐唸儀式，三姐弟需要做的事務也沒有太多。筆者間中偷瞄三弟，發現他整晚都在看卡通人物主持的youtube節目。筆者孤陋寡聞，當時並不知道甚麼是Vtuber（即以虛擬人物形象在網上平台直播），正是從這次買水儀式中向這位三弟學到。

話說到了第二天出殯的時候，三弟還是拿著手機出席。到出殯儀禮開始前，姐姐突然搶去了弟弟的手機，並拿出一份樓契，徐徐說道：「爸爸用大家的名字供了一層樓，付了首期；而且他還查到你喜歡的Vtuber就住在同一樓層才會買下這個單位的。爸爸這麼疼愛你，今天你能夠做好你的本分嗎？」

只見弟弟和妹妹都目瞪口呆——前者更是開心到合不了口，後者則是怒不可遏。

「不是吧？老爸做了這麼荒唐的事？姐姐還要瞞著我！」二妹心裡不是味兒，也不難理解。

只見姐姐拉了妹妹一旁，在她耳邊呢喃了一會。後來怒氣漸漸平伏，妹妹也坐下不再作聲。

順利完成了買水儀式，也沒出甚麼岔子。火化儀式完畢後，三弟纓紅宴也沒有出席便趕著回家準備搬新屋了。看來這又是一個「慈父多敗兒」的例子？

「真的沒問題？我怕他會更加頹廢呀……」二妹看來還是關心弟弟的。

「那個 Vtuber 主持，真人其實是個大肥妹，而且很喜歡罵人。老爸用心良苦呀，找人查了她的背景，再使上這樣一招，就是希望他不要再沉迷下去。」

「但老弟或者不介意呀。Vtuber 就是一種幻影，萬一他們好上了，那不是會讓他更沉迷？」

「這個不用擔心，老爸生前已找了機會和她吵了幾次，已做好準備她會討厭弟弟。」主角不在，兩人也聊得肆無忌憚。

筆者再次見到主家三姐弟，是在先人安灰的那一天。幼子造型上雖沒有甚麼大不同，但手上也不再長握著手機，神情也顯得較肅穆了。

先人把「棺材本」作孤注一擲，也真夠是兵行險著。其他的現實回報，都不再是重點了。

遺樓轉讓

先人遺下住宅物業，大部分主家後人都不大會選擇繼續自住，多會屬意賣樓分產。一來是誰搬入去住都好像對其他人不大公平，二來也不太想睹物思人吧。這種情況，較正統的做法是由信託人代售，當然主家也可自己放盤。至於價錢方面，很多時會比市價相宜一點，比起其他類同單位較具競爭力。

先人故居的屋宅內裡狀況，未必一定是十分陳舊。長者生前長居的地方在裝潢上或會較為古老，如果已進老人院一段時間而沒人居住打理，衛生情況通常就會較不埋想。而弔詭的是，故居看來光潔明亮的，可能就是在家中猝走。所以，看單位作考量時不一定要嫌棄陳舊。

所云「凶宅」轉售，價錢上的確是有較大的叫座力，吸引到不少「怕窮多過怕鬼」的買家。而入住前，大都會請喃嘸先生做灑淨儀式，請走陰神。若是放租的話，很多時會傾向租給印巴籍人士，一來他們不大介意，二來若真的兩者相遇，誰怕誰也不易說清吧。

與墳共住

本篇想說的，不是指墳墓在屋宅內與人同住，而是說新發展的屋苑沒有把地盤中的墳地移除，所以屋苑範圍內也見有祖墳同在。

出現上述類似的情況，最近本地就有荃灣油柑頭的「港人首次置業」發展項目。棘手處是該地有寮屋，也有墳墓。前者通過商討後較容易解決，後者相對上卻較難處理，因要找到其後人作出遷移並不容易。所以，與墳共住或許是較容易處理的方案。

與墳共存，屯門的菁田村就是很好的先例。加設了綠化圍欄，也跟四週環境協調。大埔的私人屋苑、青衣的自然徑與粉嶺高爾夫球場，都是與墳共存的好例子。

其實，人要怕的，不是墳墓；反而是要怕人對其他世情事物的不敬。

ChatGPT的殯儀意見

ChatGPT的用途與日俱增，提問後其output回覆也愈見分析質素。那麼用於尋求殯儀疑問的範疇上，其答案又是否管用？

關於香港殯儀業，筆者嘗試input輸入了不同的問題請教AI，得出的回覆，都會因應問法而有不同的陳述，然而去到結尾，ChatGPT還是會給出一個大致相同的重點：「……確保逝者的尊嚴和對家庭的安慰。」——這個應是ChatGPT對殯儀意義的一種期許吧！

至於這種期許，現實中人們又會有何看法？

就以紙紮佛船來做個例子——從教會的角度看，紙紮是不環保且無用的東西；而對佛教徒來說，學佛不應以形式的東西如紙紮來得道，所以佛教儀式中也不會有「全套紙紮」伴隨。那麼，紙紮佛船不就是左右不討好、兩面不是人？

然而，若問ChatGPT，殯儀的意義就是要做到：「確保逝者的尊嚴和對家庭的安慰」，那麼紙紮佛船的意義，便當有另一個層面的理解吧。

說到底，殯儀之事，「它」懂的。

白事直播

遇上因後人在外地而回港不及，需要推遲白事儀式的情況，也是偶有發生的，尤其疫情期間。而折衷方案也是有的——現場直播。

以往會安排攝製人員拍攝的白事，多數是進行教會儀式的主家，主要作為私人紀錄；至於在白事進行期間全程直播，於任何宗教儀式而言都較為少見。不過，疫情關係，實在有太多親友都來不了而又想送別先人最後一程，就只好靠現代科技的幫忙了。

那麼實際上來說，為儀式做直播的話，應由何時起始？別以為一定要由打齋開始，直播到晚上儀式完結為止，其實更多時是在第二天的出殯日子，即早上化妝師為先人補妝後，才對送別儀式作出直播，讓主家親友在網上送別先人；也有長子不在現場而透過直播送別，亦有在火化場進行入爐禮時才做直播。

一如在白事現場拍照紀錄的原則，白事直播的重點，是不要拍下有先人遺容的畫面，相傳這樣會把魂魄攝入，影響投胎進程。

當然，在其他地方的風俗上或會有到不同的情況，如十九世紀的英國，拍攝先人遺容是毫不忌諱的。

不論如何，把先人銘記心坎中，相關回憶總比遺容實照或攝錄畫面更具意義吧。

6—圍床名單中的陌生人

當筆者收到通知自己是「圍床名單」上的一份子時，是有點摸不著頭腦的。

所云「圍床名單」，就是病人知道自己治好的機會不大了，便在稍清醒時，訂立誰人在他病危時通知出現，成為陪伴他離開的「自己人」。在接到律師的電話時，根本想不起這位病人跟我有甚麼親屬關係。

要知道業內的資料庫都是以先人的名字來作記錄處理的，要找回相關後人是誰，並不容易。既然確定是我的名字，連同電話號碼都沒有搞錯，那麼筆者的出席，總是有個原因吧。

於是，約定了時間，便前去醫院一趟探訪。來到床邊，才認得那位是之前找過筆者處理墳墓工程的主家。時間太久了，所以印象較為模糊。

「啟程先生，別來無恙吧？還認得我嗎？」魯先生的聲音還算響亮，只是身形十分瘦削。

這時病房清了場，只有筆者、律師和老人家三個人。

「見面便記起了。想起來，應是四、五年前的工作……」

「不好意思，冒昧把你加入我的『送別名單』。這方面我很執著，因為我有太多人不想見，加上不請自來的也有不少。」

有錢的老人家，最後大抵都要面對類似的狀況吧！

「我基本上已吃不下任何東西，只是靠輸營養液維持老命。我決定後天開始不再輸液；身體應該會慢慢消瘦下去，然後便完成人生任務。」

後事處理寫份文件交帶不就可以了？始終我是一個外人，臨走時圍在床邊總會格格不入吧？筆者心想。

「我已想好如何處理後事的安排細節，謝律師之後會將那封信交給你的了，費用你跟他說多少便可以。」

這樣我就更沒有過來圍床的意義吧？筆者有點莫名其妙的望著律師。

「其實到了那個最後的時候請你過來的原因，跟殯儀之事無直接關係。只是想你來幫忙陪一個人，是我這位老頑童的最後拜託。」魯先生慢條斯理地說，也不客氣的直言了。

圍床名單中非其親屬的人，有兩個，看來另一人才是主角，筆者只是陪客而已。

在這個時候我不宜發表任何意見，也不便推卻，「明白了，那就等相關通知的時候，我再來。」

再和魯先生聊了一會後，筆者便離開。此時在病房門口等著探訪的子侄也有不少，我亦無謂佔用太多時間。

筆者雖不想以小人之心度之，然而在這種情況下推敲，另一位圍床來者，應不出「隱藏」太太或是「隱身」子女之類，在這種處境下，應是有顧慮不能公開，情況也許比較複雜。

懷著這個設想，一直過了十多天，到收到電話通知的一刻，筆者只好勉為其難的出席了。

去到醫院病房，終於見到了另一位非親屬的圍床人——一位五十多歲的男士，其貌不揚，和魯先生一點也不相像，怎樣看都不像是老人家的兒子。看其年紀，反而和筆者相若。

「是隔離病房婆婆的兒子？老爸不會是和那個女的搭上了吧？」、「不會吧，老爸原來喜歡男人？」……

不同的私語傳進了筆者耳裡。我想要告訴他們，人最後死去的器官是聽覺。就是往生之際，大家說話也應有點分寸。

「其實我和魯先生說話不多。只是有一次，他見到我推著媽媽坐輪椅回來後，見到他眼神十分期待，我便問他是不是想出去走走？他說護士都不會推他到太遠的地方，但他還想去感受一下社區。」那位光頭男士解說自己的來歷。

「之後我推過他出去幾次，他還很享受吃那些軟雪糕。」

看來他吃不下東西未必全是實情，沒有辦法自由行動，才是魯先生的心結，也是他不想繼續生存下去的主因。圍床名單中的家屬都忽略了這點，確實有點匪夷所思。

「魯先生有跟我說要加我入『送別名單』，我說不好了，他堅持要我出現，並說會安排一個和我差不多的友人陪著一起出席。」光頭男士說出來也帶點結巴。

魯先生果真是一個不折不扣的老頑童；最尾的一著，還真有點意想不到。

喪棚與靈棚

現代搭棚，主要是為了樓宇的維修工程；而在往昔的香港，搭棚也可以是白事之舉，謂之「喪棚」。至於現在可見因應戶外殯葬工作而架起的平地棚架，則稱作「靈棚」或「奠棚」較為合適，用以劃分做事的區域。

昔日的喪棚，除了有實際需要，也帶點迷信色彩。前設當然是沒有殯儀館的年代，先人在家裡過身，然後要進行入殮儀軌。那時候幾層式的唐樓，樓梯狹窄，更別說是有電梯了，把棺材原件運入家中再作裝配，就更天荒夜譚了。

職是之故，最直接的方式，就是於唐樓外牆搭棚，再把棺木從棚架經窗戶運進屋內，完成第一部分法事後，再將棺木運至大街，接著進行巡遊儀式。

喪棚的主要結構特色，是要有平台及運輸道，以便將棺木運送到街道。要明白，大門口是生人出入通道，所以即使樓梯及門口足夠寬闊，後人也不大願意將棺木經此出入，這個當然是「意頭」的課題。

此外，喪棚亦是反映家底的寫照，一般平民自然負擔不起這種工程費用，因此在親人彌留之際，就會被扶或抬出屋宅外，然後由前輩行家處理後續工作。聽過業內老前輩的分享，話說以前他曾兼任如法醫般的工作，現在很難想像他們會在相關現場用粉筆圈畫位置吧！

至於現時業內的露天戶外工作，也會架起棚架，當然主要是為了避免日曬雨淋，與盂蘭盆會的神棚具異曲同工之意。

本地圍村原居民安排土葬，遺體在殯儀館進行儀式後，會在附近搭起棚架、建起奠壇，在落葬前進行送別儀式，也是人情之在。這種方式也是很多國內外鄉村採納的模式，具「第二殯儀館」的功能，這種較大規模的靈棚，布置會講究一些。

而到了現世代，簡單至連充氣規格的也有使用。如不在灰樓而於戶外的落葬點，下葬當日會拉起布簷篷作護，這也是避雨避曬的舉措。時代不同了，先人後人，當然還包括工作人員，還是同樣照顧得到。

白事巡遊

「黑人抬棺舞」(Coffin Dance)曾在網上熱播，在非洲加納舉行的這種「開懷」葬禮，其實對內地少數民族也並非甚麼奇事。例如彝族的老人葬禮，主家都是笑面迎人的，包含了寄望先人不要牽掛的暖意。當然，程度上始終未做到抬棺跳舞這般具活力，只是情懷上相類而已。

說到在台南或新加坡等地的白事巡遊，樂隊及電子花車都頗常見。「哭墳」的呼天搶地場面近年減少了，畢竟有時觀眾太多太喧嘩，感情未必可以十分投入，又或者有時太過造作，往往適得其反，所以多見省略。

華人殯儀最難處理的，是不同鄉例，就算在同一個地方，所採用的方式也未必一樣，儀式也都有異。

香港的白事巡遊，多數在離島區域較常見。這類社區之中的人際關係較親密，如有長者離世，很多時都會在區內廣傳，所以向鄰居行告別禮，也是人之常情。

一般情況下，遺體（放在棺材中）會由船載運回島，於碼頭下船後，繞經村內，包括廟宇前面，接著才去土葬或火化場地。通常會有四位道教師傅隨行，樂儀為「馬尾樂」；樂器包括小鼓、小鑼（即「叮叮喳喳」）、鐃鈸（俗稱「pan」）及嗩吶（即「啲叮」）。當然，也有主家會選用蘇格蘭風笛等西式樂器，這跟香港以往歷史淵源有關，合奏整齊程度聽來相對提高。其實中與西樂都是「異曲同工」。

香港業內最多見的「推棺巡行」，是每年農曆年底的「長洲之旅」——因為市區火化場預約滿額，很多主家為了不想帶孝過新年，便將遺體運入長洲火化。由碼頭去火葬場的路程雖不算十分遙遠，但進場之前要走的一段斜直路其實也有點吃力，是必經之途。主家後人，都是相當有心才會選擇這一程的。

陪葬品常識

先人是深愛的摯親，後人自然會想到在入殮時放進其喜愛的物件以作陪伴。陪葬品也可以叫作「殉葬品」或「冥器」，反映了古時相關物品類別的五花八門。到了現今社會，陪葬品的處理有不同的方式。

首先，放入火化棺木裡的陪葬品，須避免有金屬元素，以免在火化時造成雜質。以前某些棺木有金屬扶手，現在也因應相關原因而不再採用。除了金屬物品，還有電子產品、玻璃，以及瓷器等，也都是不應放進去的。故此，火葬的陪葬品主要以衣物為主，也要留意盡量選較少附有金屬鈕扣等的衣服，這樣才最穩陣。

至於土葬棺木方面，是否就可以放入金屬物品呢？其實也不應該，因為遺體在腐化的過程中，也要盡量避免混入雜質。更嚴格的是，動物毛冷、皮革製品也不為考慮之列，這是另外關乎到意頭的課題。貴重古玉等也不大鼓勵，就算是起骨放入金塔後作陪葬品亦不大理想，這是涉及盜竊風險的考量。

入土的金塔或骨灰盅，可在周圍放些好意頭的陪葬品，如佛珠、經書、器皿等等，也可連同五穀或硬幣等作伴。瑞獸等不太合埋在土內；石獅墓獸是在外方裝飾的。若真的要放動物類裝飾，主要是以龜形擺設才合適。而龜背相傳有卸災之能，故應放在盅或金塔下面。

上文有說到白事巡遊，抬棺者應以先人頭部的位置那端先行，寓意是不再回首眷戀塵世。佛家中所云「往生淨土」，也是有這種灑脫意境。明白這個道理，陪葬品就不應再拘泥太多了。

DNA與骨殖風水感應

說到遺產承辦，本港的法定優先次序是——配偶、子女、父母和兄弟姐妹。但若說到安墳受益的目標次序，則是先以子女後代為優先考量。

古時的想法，先人安葬在「好風水」的地方，目的是寄望可「感應」後人，助其有更多吉運吉應。感應的媒介，當然是先人的骨殖了。以前最要緊的「天線」部位是頭骨（鼻尖），被認為是先人和後人最能相接的媒介。

至於現代社會若然要從骨頭找出 DNA 以配對身分（例如後人要找回失散先人），卻又未作如是觀的。一般抽取骨頭 DNA 作鑑證，優先考慮是股骨（大腿骨），以其堅固和厚度為先，之後是脛骨（小腿骨）、肱骨（上臂骨）和牙齒，頭骨是較少考慮的。畢竟要從中抽出小骨塊研磨處理化驗，還是找堅厚一點的位置較好。

大型災難的無名遇難者，多數是土葬而不是火葬，這是因應可在骨殖中抽取 DNA 以確認身分，日後有機會給有緣的親屬認領。至於無主孤魂，能可免則必要盡免。

7 — 為自己選擇過世地點

要到酒店房間做法事，當然是一件棘手的事。更頭痛的是，是要做不同宗教的儀式。

麥先生的過世地方是在酒店房間。他不是自殺的，而是得悉自己因癌症而進入人生倒數階段，便開展了酒店居住生活。本來家人想安排傭人照顧他，但他堅持不用，獨自住進了酒店。

「酒店有人執房，還可以和工作人員聊天，不是一樣有人照應嗎？而且這間酒店服務到位，我都上網查過了。」

「再說這間酒店離醫院很近，去覆診也方便。我很喜歡那種度假的感覺。」

「我呀，想在放人生最悠長的假期前，放鬆一下。」

家人聽完麥先生的解釋，也沒有再多說了。

麥先生告別那天，本來早上正是要覆診的。他預約了的士，司機到達酒店後等太久了，於是到前台詢問，酒店職員得知是要去醫院的，便急忙上房間找麥先生。敲門沒回應，當經理打開房門時，發現麥先生已經沒有知覺了。

麥先生的大女兒學道（道教）數十年，打算要在父親離世的地方做一場招魂法事；二女兒則信佛，也想安排和尚進行超渡。

對兩姊妹提出的做法，酒店當然不容許，原因自然是不想對其他客人帶來影響。

更複雜的是，幼子是信基督教的，他也提出想在酒店房間安排一場祈禱會。酒店對於這個安排的反彈則較少，說只要較輕聲進行便可，不要播音樂、唱詩歌之類。

以為這個有不同宗教信仰的家庭關係不甚和睦，不過這只是一般人的錯誤想法。三姐弟倒也齊心，最後預訂了一天房間，跟酒店經理說，會進行靜聲的祈禱會；而私下三姊弟其實已作好打算，白天做法事、晚上安排祈禱會。

那天下午來到酒店，記性甚好的大堂經理，見到主家姐妹、筆者及其他師傅來到時，面色霎時發白，當時大家其實都身穿普通服飾，但相信他心裡已猜到了是甚麼一回事。

「不是說只是祈禱會嗎？」他急忙迎上前來。

本來想說道士及和尚不可出席祈禱會嗎？但筆者沒有說出來，反正也無謂張揚了。

「保證只在房間進行，而且不會有很大的『叮叮噹噹』聲。」筆者急忙拉著大堂經理到一旁解釋。

「不會干擾到其他住客，我也是從事服務行業，所有聲響都會盡量收細，亦保證不會在這裡化寶。」見他還有猶豫，筆者再三強調。

最後終於入到房間。道士師傅打齋時特別放輕聲，外面應聽不清楚，號角是有吹響的，但也放輕了許多，奏樂時間也較短。之後是和尚坐唸，酒店經理見我們比較收斂，於是還是開了後門，讓一班佛教師傅從後梯進入房間。

由下午二時開始做道教法事，三點半佛教坐唸，五時完結之後再進行祈禱會，整過過程沒有收到任何投訴，算是功德圓滿了。

更難能可貴的，是三姐弟都一同出席了晚上的聚會，並沒有因為宗教理念不同而有任何衝突。筆者也受邀而出席。

「說來慚愧，其實我們之前關係沒有現在這麼好。」幼子首先向筆者開口。

「由老爸住進酒店開始，我們三人都多了在這裡相聚。可能氣氛相對放鬆，我們三人的相處也沒有以前那麼拘謹。」

「而且你見不到我家中的神樓佛具，表情也沒那麼僵硬。」大姐望著幼弟笑說。

「重點是，老爸是不想影響到樓價吧。他感覺到自己時日無多，知道留給我們的，只有他自住的一層樓。他想留最多的給我們，我們都知道……」二姐說著便哽咽起來。

麥先生之前說的酒店「度假論」是否由衷很難判斷；然而他對子女的關愛和體諒，則絕對是無容置疑的。

灰位靈位可分家

早前因應本地骨灰龕位短缺，有道觀推出將骨灰位和仙人牌位分開兩地處理的做法，即先人骨灰放在廣州，而牌位紀念則安放在本地道觀內；後人拜祭，只需去本地道觀就可以了。

為何不把骨灰和靈位放在同一處地點？反正佔用地方又不是相差很遠。說到重點，就是過不了法例的關口。本地政府說了多年的骨灰龕位發牌制度都是只聞樓梯響，所以私人廟宇道觀都不能隨便多加骨灰位置，否則會影響到發牌申請，所以便有這種「加位不加灰」的處理方式。

不過這樣的處理方法隨著政府灰位的大量落成，目前已較少用上。屯門曾咀的十六萬個灰位，到現在一半也未滿，所以灰位供求相對是較平衡了。當然，曾咀的地理位置較偏遠，隨著交通配套較為完善，到入齊滿額之後，灰位不足的情況還是會有機會出現的。

灰位、靈位的分家安放，本來是一種「互補」概念，即主家後人基於種種原因不大喜歡原來的灰位，卻又想免去遷葬之煩，便在別處廟觀等設長生祿位（紀念牌位），視之為祭祖之處。

時至今日，灰靈分家，正正就是一種另類的無奈。

題字心思

說及墓地編號，主要就是方便後人尋找位置。除了地段號碼（lot number）外，很多時墓碑上也可以見到對聯，如「近智近仁近孝悌、希賢希聖希顯達」。這些設在墳上的對聯，都是主家教誨後人的心思。文采的反映還是次要，其中所要傳達的價值觀才是主要。

當然，有些對聯未必是教誨字句，而是有其他意思。最多見的，是風水師在「尋龍點穴」時，把穴位的相關意境寫下來。這些常會於某些「風水名穴」見到，多數是提到四周祥瑞之景致。而這是屬於propaganda？還是proclamation？很多時都難以分清。

有些主家覺得對聯教誨還不足夠，會在墓龜（即形狀像烏龜的墳頭）放家姓的中圓位置，再刻上其他字詞，例如「福善」，作出相關的寄意，可謂是盡用了可刻上裝飾字語的位置。

至於後人有否奉行教理？當然是另一個故事了。祖先提都提醒了，遵循與否又有誰奈得你何？

和睦鄰舍之舉

去到墳地，除了在自家先人的墓位上香外，應否在旁邊的墳墓順便上香呢？這倒沒有一個標準答案；只是從做事的角度出發，進行儀式時大都也會在旁邊的墓地上香，以示「打招呼」之意。

做儀式的定義，不一定指是落葬和安碑，也可以是任何其他有「旺山」儀禮牽涉到的，這時也大都會以「和睦鄰舍」的取態來處理，在旁邊的墳地上香。而上多少炷香，要上多少個鄰居才合？這個沒有嚴格規則。

至於平素拜山，有否需要做和睦鄰舍之舉呢？這方面可能由於中國人心態及禮數上，若非有事打擾，大都會傾向「各家自掃門前雪」。反而在越南，拜山時於旁邊墳墓上香，是常見之舉。鄉例習慣的處理方式，並沒有對錯之分。

8 — 瞻仰自己的遺容

成哥是業內老行尊，對棺木的了解比任何人都深。

「年輕時我們一班剛入行的木匠都會睡棺材，尤其天冷時，鋪一些草睡在裡面，的確比外面溫暖！」

成哥在內地出生、成長，年青時跟著前輩入行，完全體會了甚麼叫「百無禁忌」，也在生活艱苦下有自己的體驗。

「壽板我一早準備好，我對徒弟的手藝也有信心。只是對化妝方面，我還是有點不大安心。」

成哥驗出患上肝癌之時，已是晚期了。他倒也不需要甚麼安慰說話，只是想找到最合心意的後事處理方式。

「我女兒是化妝師，我怕到了那時，她覺得我的妝不好看。」

「慈祥的人在甚麼時候看來都一樣慈祥。」除了這麼說，筆者也想不出如何回應好。

「那我的遺容應該很猙獰吧，哈哈！」

成哥還是有心情和筆者開玩笑。也許業內的人對死亡見得太多，就是輪到自己也好像不是甚麼一回事。

結果，成哥安排了一個模擬禮——大徒弟製作的棺材裱上了黃絹，而且他自己也穿上了一件中式棉襖，當然是有點模仿壽衣的感覺；至於臉上的化妝，就是自己女兒的手筆。

筆者也認識成哥的女兒，是一個和藹可親的年輕女孩。

她的化妝箱裡有很多名貴的產品。

「嘴唇紅潤一點便可以，其他不要加太多色彩，尤其面頰。」成哥這樣吩咐女兒，語氣帶點威嚴。

成哥的妝容，是在化妝桌前坐著完成的，而且髮型也兼顧配合到。他女兒的化妝技巧的確不錯，化好妝後，成哥的病容也好像消失了。

「不錯呀，只是唇彩在那時未必管用。」成哥也甚滿意這個「試妝」。

「這樣吧，我就穿著棉襖躺進棺材拍個照。到那一天，就盡量照這個妝的模樣來處理。」

在場的人都不發一言，只是默默聽著成哥的吩咐。

而這一張照片，也是成哥說日後要用的「車頭相」，亦即是在靈堂中央掛設的照片。過程中間沒有一個人哭；因為大家都明白，都是吃這一行飯的人，有一天輪到自己，也有行家友好跟進。

兩個月後，成哥的後事擇吉日進行。筆者一見到成哥的女兒，拉她到一旁說話。

「簡小姐，不知成哥生前有沒有跟你說，其實先人化妝和活人化妝，是有很多不同之處的。除了活人的體溫和遺體溫度差別外，還會有其他工具如紙托等輔助……」筆者連忙解釋。

「我知道。爸爸在拍完照那晚已跟我說過，他只是想在臨走前，再回憶重溫一下——我年輕時學化妝，就是常常找他做試妝，他說我現在學成了，有毛有翼，想比較一下當年和現在的手法，進步了多少。」

「還有，爸爸說，做人百無禁忌，不能只空口說白話，要身體力行……」

「而且他都有說，『只是想作弄一下你』，他當然知道兩種化妝技巧不能相提並論。爸爸說，啟程哥一定會認真的再向我解釋，那是業內的責任。我代爸爸跟你說聲不好意思，他到最後，還真是個不折不扣的怪人。」

看來到筆者大行之時，也要想一些方式來跟後輩「交流」。所云「傳承」，就是要如此「有意思」地傳承下去的。

三朝回門VS拜三朝

「三朝」這個數期，現今社會最多人認知的是「三朝回門」——指結婚後第三天，女兒在丈夫的陪伴下，帶備禮品回娘家祭祖報平安。而其實除了婚嫁，在誕生及過世的禮節中，都有「三朝」這個概念。

初生的有「三朝禮」（首胎嬰孩在第三天收取外婆禮品），至於落葬後則有「拜三朝」。

「拜三朝」也叫「巡墳」，是說在安葬先人（土葬）數天後再回來巡察，看看先人的陰宅是否處理妥當。在這個概念上，「巡墳」的說法會比「拜三朝」來得貼切，因為不一定是下葬日起計第三日回來察看，通常是擇吉日而回之。

至今本地的處理方式，則是在落葬當天脫孝後、上旅遊巴之前就會拜祭，而主家會在數天後再回來巡墳的做法現已不多。後人再到墳頭的時候，都是待到墓地工程完成後，再約親友某個日子拜山祭祖。

的確，以現今工程概念計，數天後回來巡視的意義不大，反正石廠在處理好工作後都會有相片回傳給主家，也不用親身回去察訪了。

到了現代，白事「拜三朝」和紅事「三朝回門」都同在演變——既然有甚麼事情都可以在電話、手機裡溝通好，那還有甚麼理由要親自動身這樣大費周章？

先人瓷相

瓷相，主要是用作石碑上的先人照，目前市面還有少數店鋪可訂製手工瓷相，是十分珍貴的傳承，品質也較好。

以往流行拍菲林的年代，在黑房沖曬，沖印出來的是一張張的相片，這樣當然不夠耐看，畢竟只是紙張。而瓷相就是在顯影前加上瓷粉，做出初稿，然後放上瓷片，再經高溫燒製。

在現今年代，電腦 soft copy 檔案當然足夠跨越時間局限，故瓷相也就只有在墳地的石碑上才有實際的功能用途了。

時至今日，瓷相大都經機械工序製作，不再是黑房中由人手技術製成，質量上當然有所差別。不褪色、耐磨和抗紫外線等的優點，機械工序一定打折扣，更遑論是光澤度的不一樣了。

瓷相是放在石碑上，或多或少都受風雨影響，那麼用黑白比彩色就更保險一些。萬一掉色，黑白還不算十分顯眼；若是彩色的話，就會較為礙眼了。所以，瓷相選用黑白色，是務實上的考量。

智能身份證的德政

前文〈DNA 與骨殖風水感應〉一文說及與骨殖相關之事，只為筆者淺見。要了解相關法醫學理，當然還得要看專業人士的分析。《屍骨的餘音》系列是本地法醫學家李衍蒨的精彩著作，她所寫的才是專業之見。其中《屍骨的餘音3》中有提到韓國人對遺照的價值觀和做法等等，讓筆者不期然想到香港近年換領智能身份證的「德政」。

對於一些生前不怎麼拍照的先人，「車頭相」（遺照）往往是一個較棘手的課題。找一張太年輕的好像「不太像樣」，在生病時拍下的又好像「不夠精神」，所以往往都會以身份證上的證件相片來處理。在未換領新智能身份證之前，身份證上的照片質素如何，相信也不用筆者多言了。

最新的智能身份證在櫃檯辦理時，職員都會為辦證市民多拍幾張照片，最後再選出一張較佳的放在身份證上，所以一般出來的效果都比舊證的照片較理想，而且證件照片的解析度也甚高，所以就算先人沒有其他相片，以智能身份證上的照片套用作遺照，也是不錯的選擇。

《屍骨的餘音3》之中有提到韓國人對遺照有一套價值觀，簡要來說，就是生前大家都早有準備而拍好，會選一張有型格的以彰顯自己的「餘音」。這方面在香港還未算普及。遺照還可以加上各種特效，相片處理公司可以為你套上不同的衣服，如西裝、西服之類，當然要避免太過「花俏」。

不過，到最後這張照片如何呈現，這當然還是後人的意思，而不是先人的餘音了。

9 — 正妻之怨念

「誰都不准碰這些殘花，我就是要靈堂這個模樣！」

說出這句話的時候，已是這位女士帶著一位壯男，把祭台前面的花圈花牌全數砸爛之後。

時間是下午四點多，還未到時候正式招呼賓客。

至於為何工作人員不出面阻止？當然是事發太突然，大家都來不及反應——這個只是隨便編出來的藉口。要知道，一來出手阻止或會傷到自己，二來是愈出手阻止，破壞程度或會愈見擴大。

最重要的是，尤其在這行日子久了，就會見多了無名的愛恨恩怨。就讓當事人發洩一下，解開一點心結，又何嘗不是一個解決方法？

主家的長子只有十來歲，而母親只是靜靜的坐在自己的位置。事發時二人都已穿好了孝服，只是默默地低下了頭。

是習慣了這位女士的橫蠻？還是不想弄得太尷尬？這個都不重要了。當務之急，是立刻聯繫花店，再安排送花圈花牌過來。

當殯儀館職員和堂倌想要清理場地的時候，那位女士向壯男大叫：「細佬，你給多管閒事的人一點顏色看看！」

只見主家長子慢慢走向女士旁邊，輕輕的說了一句：「阿姨，爸爸在看著我們呀。」目光便掃到先人遺照的方向。

女士終究還是對小男生帶點愛惜，只是並不全然賣帳，依然在大吵大叫：「他生前都不看我一眼，我現在又為甚麼要給他面子！」

男孩倏地跪了下來：「阿姨，我代爸爸向你道歉。」

女士拉緊的面容稍稍放鬆了一點，而在旁的壯男也似乎不想把事情搞得太僵，便拉著她說：「就這樣吧家姐，無謂令家興難做。」

不論是出力的拖走，還是自己半推半就的離開，總之再沒有人嘈吵，能夠順利清場，便是萬事大吉了。

殯儀館職員和堂倌加緊清理好場地，而新造的花圈花牌也陸續到達，算是安排得到了。

鬆了一口氣，筆者便到殯儀館大門外走走，透一透氣。來到後巷，便看見那位女士和她弟弟正在抽煙。都已過了大半小時，二人為何還在附近？不會又再來生事吧……筆者轉回路口，不想被認出來。

「姐姐，還是算了吧！你等會再上去，又有甚麼作用呢？反正那些親朋戚友都認定了那個狐狸精。」壯男應該不希望再生任何事端。

「我就是要她不好過！就因為生了個孩子，便自以為了不起！你先回去，我一會再上去拿個彩。」那位女士仍是氣憤不平。

壯男「唉」了一聲，便大步離開。臨走時再補了一句：「有甚麼事再打給我，家姐你也別太激心了。」

當女士丟了煙頭轉出路口，筆者只好硬著頭皮迎上去：「莊太，我想再安排一下莊先生的出殯細節，可否請你給我一點安排意見呢？」

嚴格來說，其實她不算是主家的一份子。

她向我打量了一番，然後便悻悻然開口：「我認得你，怎樣?你有權阻止我上去嗎？」

「當然無權。只是若我明早安排一個以你名義造的心形花圈放正中央，其他所有花牌我都撤下，這樣可以嗎？」

「包括那兩母子的？」女士看來傾向同意。

「當然包括。」這個條件之前已在電話中徵得主家同意。

「好，算你有點誠意。明早甚麼時候過來？」

「十點前到便可以了，有勞莊太。」筆者差點想送她上的士離開，只是不想太著意而已。

隔天一清早，便忙著搬走所有花圈花牌，包括賓客和主家的全不例外，要營造出心形花牌「唯我獨尊」的布置感覺。

筆者心裡敬佩主家的大度。

女士十點準時到達，主家母子也沒有作聲，有如作客的坐在一旁而已。呆望了先人遺照一會後，只見她打手勢叫主家男孩過來，然後輕聲問道：「家興，你覺得爸爸會否因此而怨我，早一點帶我跟他走呢？」

只見男孩望著我，露出求助眼神。

筆者搖了搖頭而不發一言。男孩也跟著低下頭而沒有說話。

這個時候，千言萬語，都只是枉言而已。

白事花類

開張花牌及白事花牌，都是花店很看重的生意項目，因為不像情人節、年宵等只是「一年一度」，是經常都可接下的生意範疇。而現在經濟不佳，那白事花牌就比紅事花牌來得更多訂單了。

大體最基本的白事花牌，分中、西式兩款。中式是中間一個「杏仁」形狀，兩邊會配置兩條祭輓綢。以往主家做傳統儀式都會做中式牌，現在大部分人不論儀式都傾向做西式花牌，原因當然是認為中式較為「老套」。

西式花籃可選擇單層或雙層，配高腳架帛籃，看起來較為大方得體。更重要的是，可發揮花類本身的優點。百合、麝香、蝴蝶蘭、繡球、向日葵以至康乃馨，都可在較立體的空間裡展現；而且打背卡也容易處理，萬一有甚麼錯漏再打一張也較快捷。

花牌和紙紮品一樣，都可因應主家的要求而作出不同的造型。較普遍的是心形牌，代表的當然是摯愛。另外，還可以有不少卡通造型等，代表不同的思念心意。只要不阻「跪牌」（主家後人花牌）的放置就可以了。用花盆插的「相台花」，也有不少主家放兩盤作點綴裝飾。

至於早上出殯用的「棺面花」不用怎麼費心，因為很多堂倌都會在坐夜的賓客花牌中選出一些，即場製作出合適的棺面花。

上位現場

現今以火葬為主流，所以大部分先人上位的地方，都是骨灰樓。靈灰閣的設計大都是多角度採光，裝香位置都集中在大露天區域，通風條件良好。樓梯加大加闊了，這也需要符合消防走火規例。總體來說，與舊日的灰樓相比，現今的設計是進化不少了。

至於灰位本身，則和以前沒多大分別。可放三個灰盅以上的叫「家族位」，放一至兩個的分別為「單人位」和「標準位」。

辦妥了認購手續，跟著便是安排上位。

先是訂好日子（大部分主家都會擇吉日），然後委託石廠造石碑。因應石碑的尺寸不大，所以較難有甚麼設計元素，主要就是把先人相片、生終相關資料等刻在碑面上，格式都是較為簡單直接的。

於上位當日，石廠會把灰和盅一併帶來，然後把骨灰倒入盅（或盒內），也有些情況是先人骨灰早已入盅，之後封碑，接著視乎主家會否有相關宗教儀式進行。

現在封碑主要就是用玻璃膠，把石碑緊貼於位內牆邊；若是家族位的話，日後再有先人上位，需要再造新的石碑換上，所以用玻璃膠來定位，也是較便利於後續的處理。

碑文紅綠

現在很多人都會為碑文塗上金漆；不過在家族墓園的某種特定情況下，碑文中的姓名是不能上金色的，而且預留姓名的位置也有一定的分野。

最常見的用色安排，是以金色裝飾其他文字，而名字欄位則分為紅、綠兩色。

綠色的是已入葬的先人名字，紅色的則是仍然在世的一位，他朝百年歸老入位後，才會把其名字轉為綠色。這是較傳統的「家族位」處理方式。

到了現今時代，家族位並不再流行先把碑文寫好、分顏色安上，而是他朝加葬時，除去舊碑，再重新造碑。這樣做除了是骨灰位石碑的製作成本較輕、取棄自如外，就是成本較重的土葬石碑位也都會傾向如斯處理，畢竟去拜山時見到自身的名字，也不是人人都可以接受得到的。

10— 為何把錢留到死？

「介紹你看一本英文書，*Die With Zero*，作者名叫 Bill Perkins，是金融才俊來的。」

譚先生邊離開長生店邊和筆者說：「由跟你剛才的對答來判斷，我認為你應該會看英文書吧！」說著便頭也不回的步出大門了。

譚先生的父親剛過身，經朋友介紹來到筆者工作的長生店。如果不是友人介紹來的，還以為他是來「踩場」的貴客。

以下摘錄幾句他說的對白：

「你們的 wreath 有甚麼類型？有沒有較 tailor-made 的特別款式？」

「我覺得傳統儀式太吵了，不夠 solemn。可不可以再 serious 一點？」

「我認為要夠 personalization 才合適。I need to sort it out myself...」

「Come on, you've got to be messing with me. 為何只能從這幾種 coffins 裡選？There must be something more unique.」

換了是年輕時的筆者，早已跟他說：「不好意思，請另找其他行家處理！」之類的話了，心裡只會想著「過主」兩個大字。然而，由朋友介紹來到的，總不能一推了之，只好帶點勉為其難地應付著。

耐心回應作解釋，語氣上還要加上一點「同理心」——例如跟這位客戶說話時，參考他的說話方式，回應他時話語中間也夾雜一點英文，這樣才較易得到對方的認同和信任。料不到最後他更拋出了這一句「題外話」。

對於他說的那本書，本來只想著隨便看看，敷衍一下便算，然而愈看下去，發現 *Die With Zero* 是一本不錯的書。一口氣用了整晚時間看完，說的是人生規劃之理——別以為節儉就一定是美德；有效用錢，活出不同階段的人生，也是一種積極生活的理念。內裡也有一些計算人生需剩下多少錢才為合理的公式方法，看完其實也有點得著。

意想不到主家介紹的這本書還真是饒具趣味，十分值得一看。

到做儀式的一天，在靈堂再和譚先生會面。他先說了一句：「沒問題吧！」跟著就問我 *Die With Zero* 的相關內容了。

「怎樣？如果你們的客戶都是 die with zero 的話，你們不就是沒有生意可做了嗎？」

如果你覺得譚先生說話輕浮，這便是有所誤會了。他為人是喜歡賣弄一下聰明，不過也並非帶著惡意。

「我是有把握時間營造『memory dividends』的，沒有只顧工作。」筆者也要證明自己是有認真看書的。

「果然有領悟。朋友果真沒介紹錯人！」譚先生微微地笑了一下。

而稍後再一次提及這本書時，是在靈寢室中見到先人太太的時候。

「啟程先生不好意思，犬兒又跟你說些無關痛癢的東西。我剛才聽到他也有跟你說 *Die With Zero*。」譚老太一臉歉意。

「我都不知道送他去外國讀書是對還是錯。讀到博士回來，跟我們說的都是歪理。先夫發病，還不是那本 *Die With Zero* 害的。」說罷譚老太便落下眼淚。

「說甚麼死時一文不剩才是最理想的規劃，又說財產要早些分配別要到過身時成為遺產。先夫聽完那晚已經氣上心頭，到第二天便胸口痛不舒服，之後入了醫院就出不來了。」譚老太不住搖頭。

「Mum，我不是跟 dad 爭論呀。我是跟他心平氣和地討論 Bill Perkins 的觀點。」譚先生倏地進入靈寢室，參與了這場對話。

「我知道你沒有跟他吵，只是你要明白，你的看法只會叫人生氣。」

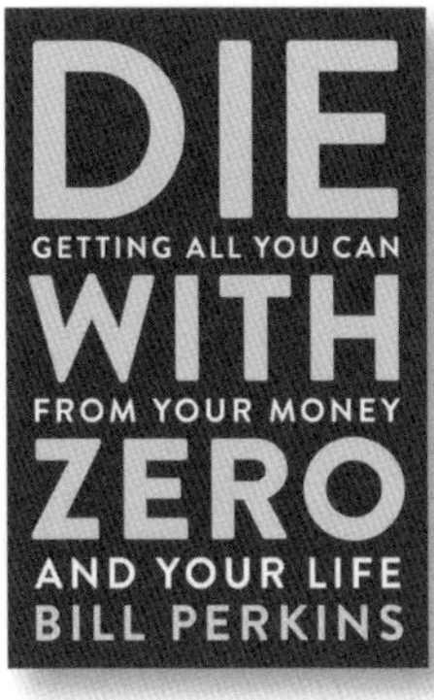

「Dad是復旦大學外語系畢業的，應該能接受新事物呀。而且他的心臟問題不是一朝一夕之事。」譚先生繼續堅持自己的想法。

「譚先生，想請問一下，如果先人生前不夠錢用要問你拿，你會給嗎？」筆者轉換話題，嘗試改變氣氛。

「我們家的生活條件不差，根本不用我拿錢出來。」

「我是說假如他真的要，你會給嗎？」

「他比我富有不止十倍，為甚麼要我給他錢？」譚先生說來理直氣壯。

「以一個父親的角度來說，他會認為向兒子取生活費是一種天經地義的事，前提當然不是用來幹壞事。中國人所謂的『孝道』，是有不同的觀念價值的。不論在甚麼地方和學校畢業，並不等如他不抱這種傳統思想。」

譚先生未結婚尚沒有孩子，或許較難體會到這份心情。只見兩母子靜了下來，相對默然。

「啊，差不多時間了，譚先生你和媽媽可待這裡再休息一下，我先請化妝師進來，你們再看看先人遺容哪部分需要補一下妝。」筆者趕緊說回公事以打圓場。

只見譚先生之後握著母親的手看著父親的遺容，一切盡在不言中。

主家先人與後人的心結，總是有方法化解的。

棺材釘VS棺材螺絲

以前棺材釘是「意頭物」，俗稱「子孫釘」，是先人留給後人的「實物」，現在這應說成是「棺材螺絲」，也已較少會留給後人了。

現今火葬棺木是不會在棺面留四個螺絲位的，只有土葬棺材才會上螺絲。土葬遺體入殮後，蓋上棺面，之後工作人員便會將金色銅製螺絲扭入預開的四角孔位，螺絲入緊後，便會使用把手將凸出部分拿掉，隨後就會推棺出殯、上靈車去下葬地點。

將棺材釘留給後人作信物，現況較多是土葬經年後遺體執骨之時，把原本在棺木的釘拿出來，給後人作紀念。以往的棺材釘以銅釘為主，並會多至七顆。後人收到後，除可放在家中紀念，也可以打造成不同的飾物，手鐲多數是給小孩或女子佩戴，而男性多數鑄作戒指。

以往也有習俗是棺材釘的最後一顆要留一半給後人，寓意是「做事不要做絕，凡事都要留有餘地，以後才會有後人子孫來接釘」，不過此舉的因緣寄意，到了現在很多人都忘得一乾二淨了。其實以往的教誨，未必一定是過時的。

遺產與壽袚角

要說先人留下甚麼給子孫後人，最實際的，當然是遺產。真金白銀、樓房、股票等等，是大家的「心頭好」，這是無可厚非的。當然亦可以留下文字類的「遺訓」；此外，也還有其他的意頭象徵物品。

本地較常見的做法，是會將壽被的被角剪下，分給主家各子女。這通常是堂倌之職，在出殯前的儀式中分發給有孝服在身的主家子女。當然會放好在紅色利是封內；家屬接收的時候要用麻服兜著（不可用手直接接住），這是作為先人留給子孫的意頭福分。

這儀式在不同地方、隨著時代變遷而有不同。如廣東很多地方，壽被角本來是留給女兒為主的；兒子接的是長褲和柑子，含意自然是「富」和「金」。然而要考量這是為了後人可以好好保存先人留下的福氣，而褲和柑的確是有點不便於保存。一封有被角的紅利是，無論如何都沒推辭之理。

在接到這份被角後，偶爾會有主家提問，要放多久才好？回答第一句必是：「好好保存收下。」跟著第二句就是：「放到自然唔見為止。」

只是從來沒有主家問道：「遺產要放多久才好？」遺產與壽被角之最大分別，莫過於此。

交稅與壽終

筆者的第一本著作，曾以 Max Planck 的名句「Science makes progress funeral by funeral」作為卷首語。現在回想，真是不夠入世。香港人最有共鳴的始終是錢；所以 Benjamin Franklin 的「In this world, nothing is certain except death and taxes.」

才是最合世情的表述。

香港的遺產稅已於二〇〇六年取消。故先人留下的遺產是沒有繳稅的義務。只是這個世界還是如 Franklin 所說，交稅是不可避免的，只是方式上屬於直接稅還是間接稅而已。

少於十五萬元的遺產，司法常務官（遺產管理官）會按比例收取1至5％的手續費，這也算是變相的遺產稅，當然還需要繳付授予書的數百元文件費之類。

至於較大額的遺產，後人多數會請律師處理，尤其是遺產組合涉及房產和股票，有「轉名」的手續程序在內，即較大比例的「間接稅」會落入律師的服務費裡。不經律師處理也是可以的，只是若涉及龐大數目，那數萬元律師費也不見得是「肉痛稅」了。

「遺產承辦處」是本港法定遺產管理機關，留心其辦公處不是在稅務大樓內，而是作為香港高等法院一個執行相關事務的辦事處，並不是以錢而是以公平作掛帥。

「Nothing is certain except death and taxes.」——說到底，死亡與稅務也是人生中的不能倖免。

11｜賭博家族的不拖不欠

即使每個人都有不同的性格，但當去到處理親人身後事之時，大都會因為悲哀而表現出「死者為大」的那份尊重；只是以下這一個愛賭博的家庭，似乎並不這麼以為……

「師傅，選『吉日』盡量不要在『跑馬日』，即是星期三和星期日；如那個星期六跑馬，則三天都不要選。」曹大公子到達長生店商討的第一句話，便是要遷就他的「好日子」。

公道地說，殯儀業內喜歡賭馬的人也有不少。不要在跑馬日開工，也是很多行家的心底話。

來的還有曹二公子，看來他也是蠻有性格的。

「最好是選星期五晚做事，然後星期六上午完成儀式，跟收市、開市時間沒有衝突。」這也不算甚麼大不了，就如遷就一般上班族差不多。

所以結論是——星期五晚坐夜，沒有賽馬的星期六出殯。

「另外，還要遷就老媽去澳門的時間表，所以最好還是給多幾個日子，再交給她選擇。」

看來真正的「高人」還未現身。今天曹老太沒有到場，未必是身體不適或太傷心，可能是另有日程安排。

「拍些照片給老媽吧，那些棺木款式和壽衣顏色之類，讓她話事。」曹二公子說。

「不好了，免得她在搏殺時看到這些照片覺得不吉利，影響運氣。」曹大公子搖了搖頭，「而最後又賴到我身上，又不是第一次的了。」

「跟她說這些東西『一見發財』便可以，反而會讚你呀！」

「真的嗎？」曹大公子扭頭望向筆者。

「從事這行業的人一般百無禁忌，也沒有甚麼好意頭或不好意頭之分。」筆者只好給出一個中立回應。

「那先留言說是『一見發財』的東西，然後再傳圖片過去。你傳呀，別叫我做。」曹大公子總算附和了弟弟的意見。

不到五分鐘，曹老太便回答了。看來曹老先生在天有靈，沒有讓伴侶在看到這些照片時失掉手氣。

出殯日子幾經考量，終於找到一個配合到各方時間的吉日。曹老太和兩位公子準時出現，神情算是十分嚴肅，不似有任何分心。

只是一進主家的休息室，不知是否看來地方方正，便有人提出是否有可能在這裡開一桌「麻將耍樂」！筆者只好斷言說不方便了，也有點支持不住的感覺。

整場儀式的過程算是進行得甚為有序。選取的是傳統裝香儀式，比丘尼坐唸，主家和賓客的互動時間也較多，而言談間聽見也多離不開波經、賽馬和賭博的話題。

而在收帛金的迎賓桌上，感覺就是有一份「賭博禮數」的意味。

當晚至少有一半賓客在給帛金之時，不是用大堂接待處或是自己準備的白信封，而是即場付現金。付的方式，就如在賭桌下注一樣，將錢扔向坐接待桌的主家親人前面，幸而還算有點秩序，否則全張接待桌都可能鋪滿錢鈔了。

而整晚的爆發點，就在儀式完結、賓客離開之後。

曹二公子首先開門見山：「大哥，人情還人情，數目要分明。還是即場打開所有帛金吧，趁有公證人在這裡。」

曹大公子冷冷道：「一早就知道你這麼斤斤計較。」

「說起來，老爸替你還了賭債一大堆，你佔盡便宜；照計應該你付全數殯葬費用才合理。」

「多讀兩年書便以為自己了不起！你炒股票就不算賭？你就最清高？你以為我不知道，你問老媽拿錢做甚麼財富管理，還不是一樣出自家裡錢！」

只見曹老太呆坐在一旁，並沒出言阻止。

結果，所有帛金全數在筆者面前打開計算，總數大約是整個殯儀費用的九成開支，只差數千元而已。

兩位公子將全數付給了筆者，然後各自拿出一千多元塞過來。

「以後大家各不相干。供養老媽的費用也是一人一半。」曹二公子的態度還是咄咄逼人。

「你以為這樣就可以？我會再算清楚老爸付過多少錢給我，看和給你的差多少！」說罷便悻悻然離開。

結局已比筆者想像好，至少在出殯早上還是主家齊人，儀式在氣氛僵硬中有驚無險下完成了。

滿是心結的一家，還是要靠各人用心去解決的。

錯領遺體

早陣子有醫院殮房發生錯調遺體事件，涉事職員遭停職查辦。其實錯領遺體的新聞似乎每隔數年就出現一次，而原因也要比想像中複雜。

很多局外人都誤以為主因必然是家屬「不上心」，沒有看清楚先人遺體才會出現這種事情。

首先要明白，遺體受到長時間冷藏或很多特殊情況下，其模樣跟先人生前會有極大的分別，要百分百肯定作出辨認，不是一件十分容易的事。倒過來說，就好像剛出生沒多久的嬰兒，外表其實也是「大同小異」。萬一碰上兩位先人身高、外貌等相若，就更難作出分辨了。故此，程序上主要是靠確認手帶、腳帶上的識別編號來核對身分。

而認領了遺體後，在不同的處理工序上，有時又或會造成一些「盲點」。如「院出」的處理，會直接從殮房把遺體放入棺木入殮，之後便去火化場做儀式；至於在殯儀館坐夜的，會用類近如帆布床的布料包裹遺體，然後用靈車送到殯儀館靈寢室再作後續處理。出錯的因由，往往就是在這些細節之間。

每年農曆年後是進行送殯儀式的高峰期，理應是最易錯調遺體的時候，卻反而沒有傳出過甚麼相關消息，這除了是大家小心翼翼，也應是有一定的運數因緣在內。

「Anything that can go wrong will go wrong.」——Murphy's Law 在殯儀業裡也不曾例外。

冷櫃的懸念

看到新聞報道關於在殯儀館發現先人遺體出錯了，家屬覺得匪夷所思。

在預約好火化場及殯儀館做事日期前，先人的遺體都會先存放在殮房冷櫃，這個當然是為了防止腐化。剔除了所謂「機票爐」（即後人以出國為由要提前火化遺體），一般在香港要等待兩星期左右才可以預約到火化日子。若要選「好日子」，則需等待更長時日了。

很多主家得知後，都覺得先人因此而「雪到硬晒」、要被「逼埋一齊」而不悅，更甚是可能導致上述錯發遺體的情況……不過說這些都不是本文重點。

先人遺體長時間被放在冷櫃中，其實並不會太影響潔體化妝。業內專業的化妝師都可以用「鬼斧神工」來形容，根本不會被硬度考起，重點是遺體的完整程度。

以前曾有因殮房櫃位不足而要把遺體疊放的做法，不過這情況現在已很少出現，故也不用擔心對先人造成不敬。

說實在的，遺體本身有手帶及腳帶作識別，主家認領時只要有仔細查看清楚，理應就夠保險了。家屬要考慮的重點，其實在於存放的費用和防腐劑的使用。

政府殮房是不用收取任何遺體存放費用的；若然是私家醫院的冷櫃，則是逐日計費，假如出殯做事的日子擇得甚後，單是殮房收費已不是個小數目了。就算費用不在考慮之列，還要留心在遺體上使用防腐劑的問題。

因應某數處冰櫃的溫度狀況，遺體都會做防腐工序，若然之後是火化，這不構成問題，但日後若是進行土葬，便會出現如「養屍」的情況，即入土後不化，有說這種情況對後人甚是不利，結果最後也只能以火葬處理。至於是哪幾處冷櫃會出此狀況？這當然是業內之秘事而不便公開。

也順道說在本地沒有而在其他地方可見的「水晶棺材」，這也是冷箱的一種，當然程度不可和殮房相比，但因應出殯日子沒有香港那麼久等，也不失為一個折衷做法。

而若然遇上遺體要運到較遠的墓園土葬，本地業內的做法是會考慮於棺木內放入乾冰，或者直接以配備冷藏箱的汽車去運送，以免長途運輸在溫度上對遺體會帶來影響。

搶棺材的年代

搶糧食、搶日用品等新聞偶有聽聞，只是誰料到在香港「搶棺材」也曾一度成為了熱話。

疫情肆虐期間，過世的人驟增而使棺木不敷應用，很多人以為這是一個很合理的因果關係；可是在香港的情況，卻是因為貨源受阻，以致受人非議。聽過有人反問：「為何不用紙棺材？」及「一定要用棺材？我鄉下唔使都得喎！」

首先前者，答案是既然一般棺木都沒有來貨，更何況是紙棺材？先別說紙棺材成本高，其普及度也比不上一般棺木。至於內地有些地方做殯儀不需要用棺材，但香港法例就是規定要將遺體放入棺木才火化。

本來業界都不想將這種情況曝光太多——缺棺材、欠紙紮，說出來也只得唏噓。只是主家的投訴來得太多太猛，不說出實情就只會讓業界成為箭靶。

亂世之中，光怪陸離之事，恐怕只會愈來愈「推陳出新」。

催促領體

疫情期間，因應殮房位供應較為緊張，所以當局較嚴格執行存放遺體的限期為三個月。若在三個月內都收不到家人辦白事的日子，大都會打電話追問，即是催促領體了。

遇上三個月仍未辦後事的情況，主因很可能是後人在外地需時回港處理，尤其是疫情下受檢疫隔離期所限，以致出殯做事的日子有所延後。這些情況直至疫情放緩、本港入境條件放寬後才得以紓緩。

而牽涉到土葬相關的安排，也有機會因輪候土葬地供應而超過三個月之期。如後人選取華永會的土葬位置（如將軍澳、柴灣等），需要抽籤排序，若然抽不到，也只能等下一輪了。

至於遺體運回內地華僑墓園下葬，也有可能受遺體入境條件限制而未能在短時間內辦理好手續。這些情況就只能把遺體存放於義莊，而不能長放於殮房了。畢竟等待時間還有多長，較難說定。

沒有按時領體，殮房會如何處理？現時的方式是不斷催促，並不存在擅自火化的情況，在香港有人「認頭」的先人是不會如此兒戲的。在中國電視劇《三悅有了新工作》中看到的殯儀館畫面，所云「超期寄存」狀況，只是將之戲劇化而已。

擇日子辦事

疫情期間曾出現遺體等候火化日子時間較長的情況，向食環署查詢，相關的回應包括了這個重點：「每天的火化配額其實仍未用盡。」即是仍有日子可選，而不是所有日子已滿約，言下之意，就是說有某些家屬「揀日子」來做事。

中國人在信仰傳統上有「擇日」的做法，那麼信奉天主教或基督教的主家，是否就不會揀日子？先不說也許有人不在神父、牧師面前說明而私底下要求特定日子的情況，也暫且把日子吉凶的《通勝》概念放在一旁，一年之中就是有一些特定日子，不論如何，也是甚少會被選擇作出殯的。

最明顯的，當然是農曆大年初一，相信大部分同業都未有試過在這天上山做事。同樣情況，還有新曆1月1日，不過在這天上火化場也是有的，這情況的主家多是以年輕人主事，便會訂在這天法定公眾假期日子做火化儀式。

殯儀和人心是如影隨形的。在凶日做事會否帶來不好的後果？這個科學上難以說準。重點在於處理人倫和安定人心方面，這才是課題核心。

同理心的闕如，就只會造成更多的悲慟。

殯儀的足球賽場

不但是足球員，就是殯儀從業員，也很怕看到「黃牌」警告。這個黃牌，是指遺體的處理級別。

根據衛生防護中心條例，遺體若被掛上黃色標籤，表示它存在一定的安全風險；雖然還是可以進行潔體化妝及瞻仰遺容，但化妝後需要全程以膠袋包著，新冠肺炎過世者正是屬於這個級別。

足球規則中也有「後備換人」，早前疫情流行期間，殯儀業也同樣需要有所準備。先不說殯儀館有否接下新冠死亡遺體的儀式預訂，就是安排了日子，若然工作人員於入館當天即場快測後出現「兩條紅線」，即使是沒有病徵也還是不能繼續工作，要「紅牌離場」，如此就只能夠「後備換人」了。雖然沒有換人名額之限，然而找替工又豈是一時能及？

而除了「黃牌」之外，遺體分類中也有「紅牌」，就是被掛上屬於第三級別的紅色標籤。這種情況下，遺體是不准許被打開屍袋作任何處理的，多數就是直接去火化場作火葬。假若有一天這樣成為了業內日常的話，相信這個社會也已經瘋掉了。

先人飛機路

回想在二〇二二年間，因疫情關係，關口未通，很多本來要運回內地華僑墓園下葬的遺體，都要先放於東華義莊暫存等候。中港牌照靈車未可接通，涉及關口操作的安排，很難三言兩語交代。如此狀況下，為了運送遺體，就沒法如常以持中港牌照的靈車北上，而是要以飛機空運。

而用空運的方式，當然是繞了一圈——遺體防腐後（理論上是需要防腐的）入棺上機，而到埗後再用靈車運回廣東省內的相關墓地。這趟空運費用至少要十多萬元才處理得到。

這當然是非常時期的折衷方式，尤其大部分先人的遺體其實都是運回深圳的大鵬灣墓地，這樣繞一個圈，確實花費巨大。

現在情況復常了，亦已回到之前陸路運輸的模式了。

風平浪靜之後？

疫情過去，本地殯葬業的忙亂也開始得以紓緩，回復正常了。很多人也如此認為，總算回到風平浪靜的日子。只是，真的如此？

最平靜的地方，想必是護老院舍和殘疾中心。很多人似乎都不大知道原來香港有很多過百歲的老人家，而當疫情期間看到每天官方公布死亡數字時，才好像猛然驚醒。如今安老院的確是平靜了，這卻是因為很多長者都仙遊了。在新冠肺炎肆虐期間過世的九千名死亡人數裡，五千名是來自院舍。在疫症大流行的那幾個月，業內大都是忙著跟進這些個案；當你知道了內情，就會明白如今不是風平浪靜，而是浩劫過後。

有來處理後事的主家，尤其是先人的伴侶，都難掩其「絕望」感。在非常時期的隔離日子中，伴侶走了卻見不上最後一面，加上身邊也有朋友撒手人寰，就像世界只遺下了自己。染疾走的佔大多數，也有一些傳聞是打針後副作用造成其他病變亡故，又有因醫護人手不足致失救，亦有人因看到世道如此而喪失生存意志……言下無盡哀愁。除了業務相關的解說，不時聽到主家說的這些心底話，我們感到無奈，亦只能無言以對。

最痛的往往不是呼天搶地，而是哭也已沒有力氣。在這個年頭，哀悼也變得更為蒼茫，就只能默默地接受時代的不仁了。

12— 手袖裡的黃金

要在衣物手袖裡藏起黃金而不易被發現？這裡說的，當然是「紙黃金」了，即貴重金屬市場的投資票據。換言之，先人隱藏了自己的投資歷史，把資產收在手袖裡。

定伯的四個兒子全部都已結婚成家，只是沒有任何一位繁衍下一代。從以往的角度看，會認為這是因果影響，所以沒有後人承繼。只是到了現今社會，是否生育兒女，多數是個人選擇，尤其四個兒子及媳婦都受過高深教育。

「其實對我來說，都這個年紀了，最值得炫耀的事，當然是可以抱個孫出來威一下。」定伯的朋友年前過身，他從朋友的晚輩裡拿到了筆者的聯絡，打電話給筆者的時候，是於療養院靜養之時。或者坦言來說，是在他等候無常之時。

「不論是男仔、女仔，唐好、番好，這些都不重要。我有跟他們說的，太太不肯生，可以去外面找個女人呀！」定伯發表這些言論時，一點也沒有氣若游絲。

至於為何說到這個話題，是因為定伯問到是否可以在靈堂外掛上「紅燈籠」。筆者也直言了，不全是因為年紀關係，還有祖父輩身分的因由。

「唉，我記得少時家裡爺爺出殯就有這個紅燈籠，那是我兒時記憶最深的一晚。你可以在那個晚上破例為我掛一個嗎？」

慣例只是約定俗成，況且這個是定伯的心願，是很難一口拒絕的。

談及後事處理方式的過程中，定伯還是有很多心底說話不吐不快。

「書我沒有他們讀得多，但人情世故他們一點分寸都沒有。」

「結婚又不生孩子，這樣子結來做甚麼？感覺好像是前世做錯了事似的……」定伯的心結，應該是由希望愈大開始的。

定伯在療養院住了三個月後，便駕鶴仙遊。四位兒子也算齊心，分擔了定伯的後事責任。只是為了更「公道」的事情，四位兒子在白事前夕特別相約筆者，安排了一個「商討飯局」。

「啟程先生，我們就開門見山，有些事情想請教，不知我父親生前有沒有跟你透露過，畢竟你是他信任的人。」定伯的大兒子先開口。

「我的工作是會計。大部分爸爸的遺產我都核對清楚，發現有一半的現金流去向不明。」二兒子也說得明明白白。

「我們知道啟程先生主要是在電話和先父交流，所以不會懷疑是他把錢交託了給你。況且，他生病以來都是神志清醒，絕不會做一些荒謬的事。」三兒子再作補充。

「我們都清楚檢查了幾個物業，一點收藏痕跡也找不到。也入紙到本地所有銀行，都找不到款項蹤跡。我們是想問啟程先生，從你和父親的對談中，有沒有想起甚麼線索？」四兒子也應是專業人士。

「我也想不起有甚麼特別的話題。只覺得定伯生前最渴望的，是抱孫吧！」

只見四人交換了眼神，好像恍然大悟。

「應該就是他說過，那一袋要交給日後出生孫兒的東西。再從裡邊再找吧！」

「但遺物不是全都看過了嗎？沒有甚麼發現呀！」

「或許是我們大意。他的東西還沒有丟掉，在裡邊再找一下有甚麼線索。」

結局就如文中開首所述，是一些「紙黃金」的票據，縫了在手袖裡邊，是在離岸戶口處理的。

四兄弟也明白父親的心意，沒有挪動那些資金。他們都明白，那是留給未來孫兒的。

至於那位孫子何時出生？筆者至今都沒有聽聞。

壽衣潮流

說壽衣有潮流，當然只是以噱頭命題而已。傳統的壽衣基本上沒有尺碼之分，而隨著時代演變，相關的處理方式也有所不同。

以香港本地為例，男女先人的壽服，主要就是「男雙女單」，即是男六件和女七件的分別。上身稱為「領」，下身叫作「腰」。男先人主要是「四領二腰」，即是馬褂、長衫、面衫和白底衫為領，面褲和白底褲為腰。要加的話，可在外面加上面衫、面褲，就是謂傳統的「五領三腰」，是八的雙數配數。女先人則是七的配數，主要為「四領三腰」，領為馬褂、面衫、單衫和白底衫，腰有裙、面褲及白底褲。同理加成「五領四腰」都可接受，只是不大建議這樣的一直的加上去。

習俗上是平民三領、富人五領、官人七領及帝皇九領，顧及傳統，在數目上是不能「過界」的。至於先人的帽子、手扇及鞋襪，都不計入領腰之數內，這方面相對較少考究。

壽衣雖無尺碼，然而衣袖必定要將手部完全遮蓋，這是寄思後人「不用伸手要飯」的含意。同理壽衣並無口袋，就是寓意「萬般帶不走」，不袋走陽居之財帛與福氣的意思。

傳統上，若過身時不足六十歲或是單身的話，先人是不應穿著壽衣的。現在做法上有不少是穿著自己的衣服，就算是老人家也有在生前吩咐後人為自己穿著自身喜愛的衣物，只不過最好還是需要在件數上配合。

到了最後，說到底，人心才是真正最恆久，時興的潮流都只屬身外物而已。

壽被種類

在棺材內鋪在先人身上的，主要有「佛經被」（消災解難）和「布路票」（路路通行）這兩種；此外，還可包括「子孫被」、「外嫁女被」及「親家被」等等。

壽被中最基本的是「底被」，主要用途當然是具吸水的實際功能，故都以實用簡潔為主。而「面被」除了以美觀作考量外，亦顯現了先人家族人脈的規模。

先說「子孫被」，也是紅白被的基本，用意是要提醒後人慎終追遠。每處地方的鄉例都會有類同的概念，把先人的特別遺物留給後人，以寄家族傳承興旺之念。在本地慣例中，會把「子孫被」的一角剪下（早上出殯前），分給主家後人，叮囑他們帶回家放入利是封以作留念，具孝道加祝願順境的含意。

以前會有所謂「外嫁女被」，背後意思是雖然女兒經已出嫁，跟從了夫家改了姓氏，但仍應要「有禮」地替先人加添壽被。現今的做法則有相關的引伸，很多成年女兒（不管是否已婚）都會在出殯早上為先人加上壽被，是孝心的反映，是否為外嫁女已不是重點了。

顧名思義，「親家被」是兩家結成姻親後，另一家在白事時表達有別於一般賓客的禮數。除了帛金數額外，亦會加壽被以表心意，是人情倫理的心思。當然，這方面相對沒有以前那麼重視，畢竟家庭關係跟往昔已大不同。

至於採用教會儀式的，就會在底被外再上鋪「十字被」，其他類別的壽被則沒這麼多講究了。心意常在，形式上是萬變不離其宗的。

口寶來歷

壽衣的件數分為平民三領、富人五領、官人七領及帝皇九領，明顯存在階級分別。另外，具備這類分野的，還有「口寶」、「掟口」，即古謂「飯含」，是指先人在出殯時口中所含的吉祥物品。

當然「飯含」的本意不是把米飯放入先人口裡，而是寓意不能讓先人「口空空」，通常會以身分來處理存口之物——「天子含實以珠，諸侯以玉，大夫以璣，士以貝，庶人以穀實」。

以前的農業社會，一般人會以穀物豆類等作為「不欲虛其口」的寄望。至於其他階層用到不同的玉器之類，當然還有辟邪守照的背後祝願。到了現今的口寶處理，本地主要是用金珠及銀珠，當然內裡的金屬成分不能太多，因應火化時棺內要盡量減少金屬物品。

安放口寶主要是由化妝師負責，在出殯的早上於主家面前進行。因應圓珠是放入遺體嘴內兩邊，放妥後就需要稍作「補妝」，所以由化妝師擔當是最合理的操作安排。

以前的口寶和現今不同，現在當然再沒有甚麼階級之別而不能用甚麼名貴東西，要考量的是要配合遺體後續的處理方式。口寶所要傳達的是「口甜眼閉、安心上路」的暖意。

至於甚麼壓舌防多言、止路上肚餓或作防腐的說法，都不屬現今社會所應鋪陳的了。

散花科與散花錢

以前很多師傅會叫後人拿出硬幣以作先人的掟口錢之用，惟因應衛生的考量，這種做法已愈見式微了。現今主要是用金、銀珠作為先人的口寶之物。而時至今日常見牽涉到碎銀硬幣的儀式，主要是由道門「關燈散花科」衍生出來的「散花錢」。

單看「散花錢」這個術語，會以為是甚麼「仙女散花」的花招；或者換上一個別稱應該會較容易理解，叫做「福壽錢」。

事前要準確好一堆硬幣、碎花、首飾及白米（後兩者未必一定需要）；另外，亦需要有器具如木板和毛巾。傳統上會把碎銀散於地上，現在為易於處理會散在木板上。

儀式開始時，會先由喃嘸先生唱誦「散花金科」，毛巾會於先前綁上了結，在中間做「解結儀式」，寓意解冤結、化冤仇。經文唸畢後，會將碎花及硬幣散落地上，再由後人各自執拾保存。若有白米，則多數會在木板上處理分配，後人各自雙手接捧。做打齋儀軌的，通常也包括了「散花錢」的環節。

「福壽錢」當然就是代表先人把福壽留給後人，也被認為具辟邪之效。說到道門的「散花科」，主旨不是指動作上的散花，而是以讚頌香花，為亡靈解冤釋結。

不同的花朵由盛至落比喻了人生甜苦無常，要放下對塵世的執著。解結散錢，不只是為先人指路，也是給後人的一次反省；這才為殯儀的核心意義。

13－不守諾言的銘男

重諾言、守信用，是做人的應有德行。只是時代不同，很多事已見怪不怪。或許在現今社會，大家都喜歡「美麗的謊言」。

銘男是朋友介紹來的。其女友輕生了，而家中雙親都已過世，在女友的兄長授權下，由銘男來負責她的後事。這情況下，主家通常都會較為「失神」。先不論死者是否為情自盡，但總是會覺得自己做得不夠，未能挽狂瀾於既倒。

但這位主家似乎有點不同，一開始便說出自己可以騰出的時間軸，表明一定要在限期內完成，相當有原則及清晰。

「我十月頭便要出差，要去一個月。一定要準時到達，不可以失信失約。」其實簡單直接也無不妥，只要時間上配合到就可以，而且重諾守信也是良好品格。傷痛可埋藏在心，但世事俗務往往未必如是。

「說到儀式，我和子君都沒有上教會，你應該明白。」銘男說的有條不紊，「也不想太過泥拘於傳統，畢竟都不是我和她的一貫想法。」

「意思是不用任何宗教儀式？」不設宗教儀式的葬禮，業內一般稱做「維新」。至於為何叫做「維新」？倒沒有太多考究。

「我只是擔心沒有儀式會不會太沉悶。子君最怕無聊，她總是靜不下來。」說到這裡，還是不經意觸碰到那條線，銘男不自禁的流下淚來。

「先要考慮的，是否需要殯儀館。若沒有人要招呼或不想招呼人的話，殯儀館場地就不必要。」

「我們一起之後，都沒有甚麼朋友了。坦白說，我和父母親戚都沒有太多聯絡。子君父母不在了，她大哥也不想理。我父母雖在，但跟不在也沒相差多遠。」

銘男的眼神顯得特別空洞，這一句話應算是來自心坎埋的自白，還是需要勇氣面對的。

「那你以她的角度來看，要怎樣做合適？」

「她就喜歡玫瑰，其他事都聽我的，配合我意見行事。」究竟是否了解一個人，在感情關係中未必十分重要。

「明白。建議你選用『院出』，即是不用殯儀館，在殮房外面做簡單儀式後便去火化場。」

「由道教師傅做『灑淨』儀式，也會設拜桌有祭品供奉先人。你不介意裝香就可以，不會有太多傳統的功德法事。到火化場再做『辭靈禮』，也可以到時燒衣紙給先人。這樣應不會太『悶』了。」筆者接著解釋。

「至於她喜歡的玫瑰，我們盡量安排。本來『院出』不建議做花牌，但因應你的心意，可以做一個心形玫瑰花牌，也可另做一束玫瑰花鋪在棺木上面才去火化，棺木裡也可以多放些玫瑰花瓣，而先人可以穿回她喜歡的款式衣服。」加入玫瑰花作關鍵元素，應是主家最在意的部分。

「那就按你的建議處理。」銘男點點頭，「火化後子君的骨灰，會由你代我取回？」

「是的，大約儀式後七個工作天取回。」

「這樣，我先付清殯儀部分的費用。骨灰存放費用我先付一個月，之後的我回來再給。」

「若存放在倉內不用供奉是不需收費的。等骨灰回到再考慮是撒灰或安灰也不遲。」

「當然要供奉。供奉物品也不用我多說了吧。不要用膠花，要真花。這個月我付錢給你幫我買，回來後我會自己買。」銘男對這方面甚為執著。

訂好細節後，銘男便急忙的走了。到出殯當日，只有銘男一個人出現。應該是真的哭不出來了，全程都是一言不發，只是看著先人照片的眼神，還是感受到一份深情。

料不到的是，那天之後，銘男便沒有再出現，而且還是筆者唯一能夠聯絡得到的主家。回來的骨灰，也再沒有人認領。

手機停了打不通，社交軟件沒有上線。最壞的打算是，銘男之後殉情了？但明明責任心強且又重承諾，應該不會走這條路的。之後再翻查近期過身者的姓名，也找不到其名字。如是者，這位主家便這樣「失信」也「失蹤」了。

只是緣分還是很玄妙的。某一天去行家的店舖辦事時，赫然看見一個暫安位供奉物品裡有玫瑰，再看看先人遺照，便發現了是銘男的照片。

原來其名字也不再是銘男。行家為我聯絡上主家，原來銘男生前為了和父母和好，於是改回了小時候父母命名的名字。而銘男並不是殉情，是因交通意外而離世。

最後的失信，全是無可奈何。而子君的骨灰，最後也算功德圓滿的送回了給銘男的主家。

到故事的結局，筆者還有事情想要交代——子君的玫瑰花費和暫安位供奉的費用，都由銘男的主家付清了，不是錢多錢少的問題，而是這代表主家已接受了一對情人的信號。

子君和銘男都是美麗的女生，祝願她們在另一個境界中，有情人可終成眷屬，永享溫馨。

「院出」與「過境」

白事的處理，如果不用殯儀館而直接由醫院殮房出殯，俗稱「院出」，主要是省略了殯儀館坐夜及相關法事的程序。這樣做可節省費用，也不用招呼賓客，是較簡單的處理方式。當然，也會有其他折衷的方式，遷就不同主家的想法。

近年較多人用「過境」的方法做事，意思是只於白天租用殯儀館，晚上則略去。換言之，把坐夜時要做的法事（如燒紙紮等）放在上午或午間進行。這種方式可以說是介乎院出和坐夜之間，好處是免卻晚上招呼賓客的辛勞，在白天則以較長時間接待自己人（始終賓客較少白天出席），而且打齋或坐唸等功德法事也於日間進行。

不過，若以費用角度審視，過境和坐夜都需要租用殯儀館空間，加上儀式也是要進行，所以兩者的支出其實相差不遠。

當然，亦有主家會想在自己的場地做事，認為殯儀館太過「冰冷」。例如有天主教徒會選擇在聖堂出殯（可放遺體），以呈現一種神聖感。如採用佛教或道教儀式，有些主家會選擇在自己所屬的佛堂或道堂做法事，甚至晚上也在那裡招待賓客。

殯儀館的場租比其他場地貴，是因為可以擺存遺體，便於瞻仰。若只從場地使用便利度來看，很多私人禮堂甚或比殯儀館更具實用性（以空間大小來說），只因私人地方不能安放遺體，故還是較少人採納，縱然價錢上較為便宜。

其實院出也不是沒事可做，並不是只為從簡。在主家認領遺體後，還是要進行先人化妝、著服、放陪葬品的程序，才推入醫院的小禮堂做法事儀式。有些醫院在殮房旁沒有這類房間提供，則在停車場找一角空間（圍布）處理，道士師傅也可在場打齋、誦經、做功德。

做事的心意不受場地局限；表達敬意給先人，是不會有規限的。

客家與春秋二祭

寶安縣以南多處都可說是屬於「客家人」的所在地，只是很多城市人都未必留意到。關於祭祖習俗，有別於香港人，客家人大都會在中秋節而不是清明節去拜山。當然，說的中秋祭祖不是真的在正日農曆八月十五去拜山，而是在秋祭的日子範圍內。

農曆節日中有「春社」及「秋社」兩個日子，就是所謂的「春秋二祭」。客家人慣例都以秋社為祭祖之期，而不是清明。據說客家人是因應春社清明前後是農業春耕忙碌的日子，所以都較注重秋社而不是清明春社去拜山。

秋社一般是在農曆八月初（每年日子不同），故客家人便在相關日期範圍內祭祖，如此看來，便好像是在中秋節去拜山了。

對於春耕忙碌而無暇拜山，只是原因之一。客家人的生活方式箇中包含了旅居之意，也隱含了不想與主人家相爭的意味。不跟主眾逼在一起，也就是有其避重就輕的心態。既然清明是主流祭祀日子加上自身又忙，那麼便因應形勢而退避。客家人的務實考量，在很多方面都可見證到。

香港城市人雖然不大覺得自己是客家人，但其實也見有客家人那種務實的行徑，例如近年流行拜山祭品已不盡是三牲果禮，而是也見有日式壽司。不是說前者已不奉，而是說年輕人現在都會加上自己喜歡的食品去祭祖，畢竟拜祭之後都會吃這些祭祖的食品，這也是無可厚非，反正壽司也甚少牛肉款式，那又何必太過執著抗拒外來食物呢？

墓地編號

很多人在鄉郊行山時，見到山路上處處祖墳，或會以為沒有規管似的。其實香港郊野的山墳都是有劃地為界，並且有附以相關編號的。

香港的郊區墓地編號，其實十分簡單——頭兩個英文字是地區縮寫，跟著是登記順號，這個編號可以寫在碑上或放於一旁也可，重點是方便查核。郊區墓地設有編號，的確可顯示其有合法登記；不過，沒有墓地編號也未必一定是不合法，或許是因歷史背景淵源而合法地存在。至於新墳若沒有編號的話，則有較大機會衍生非法用地之嫌。

另外，墓地編號不一定代表或局限了地積大小，會因不同地點而有所差別。

總之，大家行山時，總不能避免經過墳頭，先不要以為郊野的山墳沒有規例可管，需要理解郊區墓地也有其管理方式，只是跟公眾墳場的規管有別而已。

《千字文》傳承

《千字文》（即《次韻王羲之書千字》）的歷史源流，在網上十分容易找到，這是用來啟導小孩的認字讀物，和《三字經》、《百家姓》合稱「三、百、千」，是儒家經典讀本。若說到墳場也可學經籍，可不是譁眾取寵，香港本地墳場的段數命名，就有取用《千字文》。

由「天地玄黃」到「焉哉乎也」，《千字文》總共由二百五十個隔句押韻的四字短句建構。由開天闢地到氣象物候，由中國歷史到王朝統治，再由國家疆域到民間生活，是儒家治家修身之道。當然，墳場未有用盡一千個字作段數分配，主要就是取前數十字為用，以此代替數字作為地段編排。

至於為何選擇《千字文》而不用《三字經》或《百家姓》？原因自是立場和氣勢的不同。就以頭兩句比較，後者分別是「人之初，性本善」及「趙錢孫李，周吳鄭王」，總不及前者「天地玄黃，宇宙洪荒」的優雅，而且也較貼合墳地的戶外功能性；再考量到文體本身的包羅萬有性質，確實為「微世界」觀的不二之選。

至於現在墳場的段數命名，很多時都以年份和數字作編排，讓來訪者清晰地「對號入座」，圖例也較容易參看，這也是切合現實的做法。

期望年輕人下次去拜山之時，都會留意一下，為何墳地會以不同的漢字標示，然後產生考究背後含意的好奇心吧！

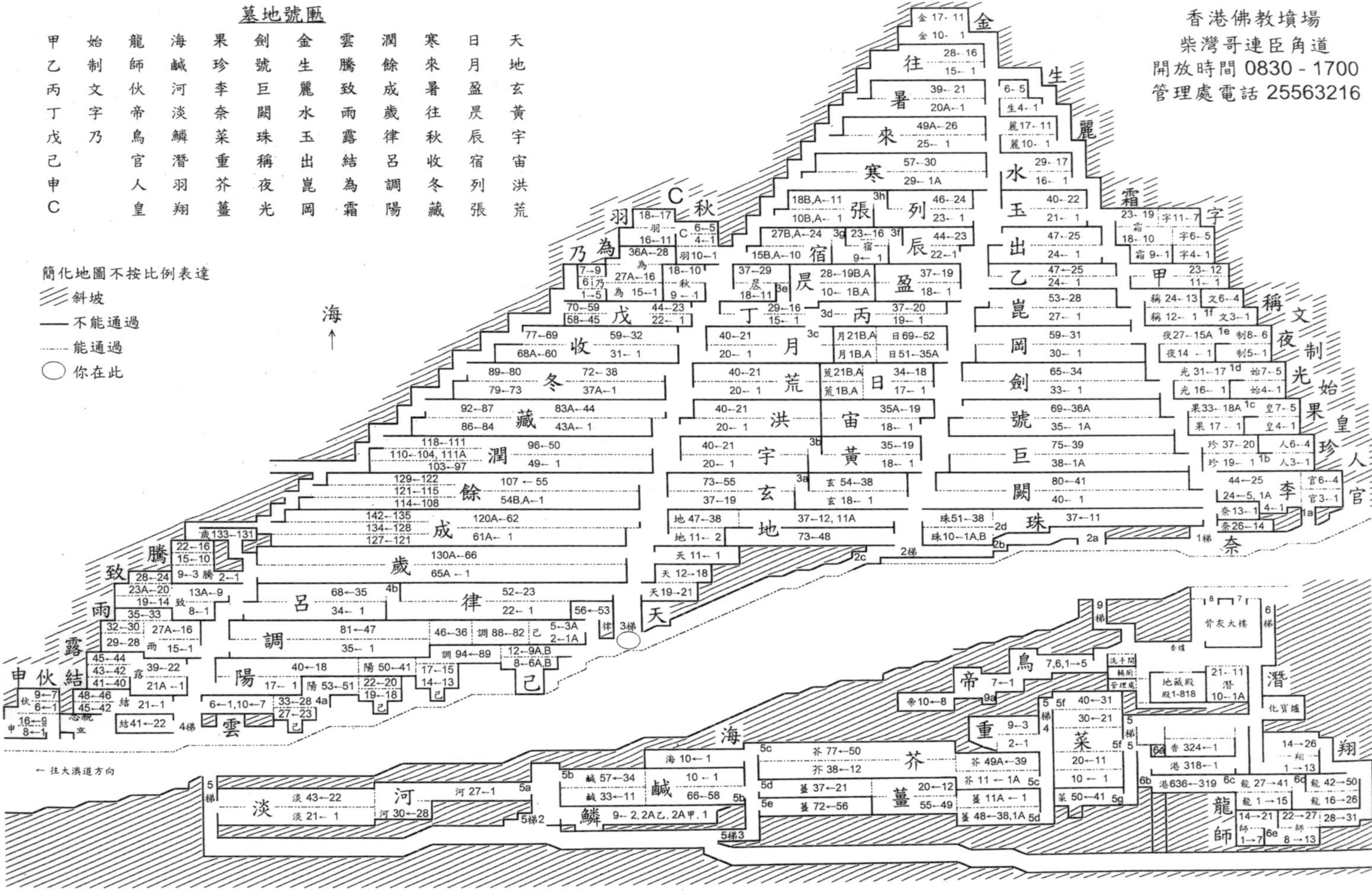

（圖片來源：攝於香港佛教墳場）

映像世界VS日常人生

從事殯儀工作，經常要解答和處理家屬不同的疑問與要求，這是我們責任之所在。近年一些與殯儀相關的視頻、影片播出後，也令人對我們的工作內容性質有更多的查詢。

日本電影《*Ending Cut*》是關於男主角替先人遺體理髮的故事。戲裡的主線是家庭關係，而主角為過世者剪髮是一個劇情上的布局，也是日本「禮儀師」概念的延伸。不知道是否因為這齣電影的影響，近來就有主家詢問過有否相關的服務。先放下遺體在殮房冷凍後的頭髮狀況不說，要替先人剪髮，其實這個在中國人的傳統概念上是有點說不過去的。

另外，有知名 youtube 頻道節目對「禮儀師」作出介紹，提倡「在家過世」，然後由其妥善處理後事。筆者也明白，在醫院等地方辭世是心酸的，也知道在疫情下不能好好陪伴摯親離去是痛苦的；問題是，香港人實在太重視房價，雖云先人不是意外而是自然過世，然而這對宅居本身的價值而言還是會有一定的影響，這也是無可奈何的實況。而問到這方面的主家，相信大體都是不用承受樓價壓力的一群吧。

在映像世界見到的，當然包含有美化元素在內，那是因應劇情需要，然而真實的人生，往往有更多難言之況，這也是要切實面對的。

風木含悲，或許才是人生最遺憾之痛。

14 — 她想要的紙紮風扇

在出殯儀式裡見到的紙紮用品，一般稱作「紙紮全套」，包括有花園別墅、仙鶴柳幡、金橋銀橋、沐浴房和望鄉台等等。至於一些較「玩樂享受」的祭品，當然是根據主家的要求去製作，如房車、麻將桌及馬場等，這些都算是較「大路」的物品，其體積當然是實物的縮細版，只要主家給予足夠的時間，紙紮品是可以參照任何肉眼看到的東西來製作，只是手工仔細程度和大小的差別。

這一次的主家馮先生特別要求訂製的紮作品，是一件原形大小的日常生活用品，反而較少人會有這樣普通的要求。

「我想加一把紙紮風扇，坐地式那種。」馮先生在聽完筆者解釋「紙紮全套」後，便提出了這個要求。

馮先生的女兒坐在一旁，眼睜睜地問道：「紙紮風扇？」

「馮先生是要一個實物原大的坐地紙紮風扇？那尺寸大概是多少？」如果是小小的一把，一般紙紮店也可買到，現在主家提出來，應該就是要模仿實物的大小。

「大概是三呎半高，一呎闊。其實我拍了張相片，現在給你看看。」說罷便伸手拿出手機。

「夠了，別再來這一套！」馮先生的女兒忍不住說出不滿。

「你永遠都只懂自以為是。媽媽經常對我說不想吹風扇。你到現在還不明白，還說要造紙紮風扇！」心裡的不滿積壓太久了，只要導火線一點，本來一件小事就會觸動情緒大爆發，這也是日常生活中經常碰到的情況。

「我自有分數。我跟你媽媽幾十年夫妻，我就知道這是她想要的。」馮先生也是寸步不讓。

這些時候，和事佬最不好辦。

「或者馮先生可以在紙紮店買一個小型的紙紮風扇，出殯早上師傅會在上面貼上封條，然後在火化場的化寶爐火化。」筆者嘗試給出建議。

「你聽我說吧，女兒，你媽媽說的和想的，有時是相反的……」馮先生的態度稍軟化，但堅持仍一樣。

筆者朝馮小姐點一下頭，示意還是應聽老人家的意思。馮先生趕緊拿出手機，詳細描述了風扇的大小和特點。

「那就這樣吧，做儀式那晚多燒一把紙紮風扇。還有，媽媽其實喜歡打麻將，都可以化一副麻將給她？」

「可以做近實物尺寸的麻將枱，連麻將和三位牌友。」筆者解說大件紙紮的相關做法。

「有風扇吹著打麻將就舒服啦！」馮先生不忘多加一句。

馮小姐勉強擠出一點笑容。很多誤會都不能期望一時三刻能夠化解。

到了坐夜的晚上，全套紙紮品再加上風扇和麻將套裝，都放好在靈堂門外。主家父女兩人都滿意各式紙紮品的造型。

當晚筆者為準備儀式而忙著打點時，期間留到馮先生兩次上前，欲言又止似的模樣，到了第三次他又上前，筆者決定主動開口問他：「請問馮先生是有事想問我嗎？不妨直說。」

「是這樣的，你覺得我太太在收到風扇後會否原諒我？」馮先生有點吞吞吐吐的說。

「馮先生的意思是？」

「其實是這樣的，我不大敢跟女兒說當天的事。」馮先生先深深呼吸一口，接著娓娓道來。「那把風扇應是她的心結。那天我老伴不知怎的走到坐地風扇前面，或許是剛睡醒有點迷糊吧，她像是走錯步的踢到了風扇，而她見到風扇倒下去便想再拿起來，可是連她自己也跟著風扇整個人跌倒地上，我想上前來扶也來不及。結果，她就這樣入了醫院。之後，便在醫院迷迷糊糊地昏睡，直至過身。」

「她那時很想把要倒下的風扇扶起。總之，我希望火化一把風扇給她，了我心願也好，當是還給她也好……」

說到這裡，馮先生的眼眶也開始帶紅了。筆者向馮生拍拍肩膀，然後輕輕地說：「馮先生是有心人，你太太一定知道。」

打齋紙紮

紙紮是傳統中國手藝，但也隨著時代而有變奏。基本上主家若有要求，紙紮師傅都可以製作出相關紮作，當然收費視乎成品的複雜程度而定。最多見的紮作，是進行道教儀式時採用的「全套紙紮」，是配合俗稱「打齋」時用的紙紮祭品。

首先旛有三類，分別是仙鶴柳旛、紅旛及白旛。仙鶴寓意是由白鶴飛升上天去稟告，紅旛是預備給祖先作附薦，而白旛是正薦給先人的。故此，在「擔幡買水」時見到的是白旛。給先人的牌位，分別會有正薦牌位及附薦龍位，都是基本用品。至於在打齋儀式中有特別意義的，分別有沐浴房和望鄉台（遊十殿儀式相關）、金橋和銀橋（過橋儀式相關），而兩道橋也會各配上橋燈和橋工。

至於較貼合享福性質的，是紅大槓（裡頭當然有金銀衣紙）、全衣、夾萬、金山和銀山（錢不缺及可收藏）、文明轎配兩位轎伕、娣仔和妹仔（有傭人可用，師傅做儀式時也會涉及吩咐工人）。至於最大座的，必然是洋樓花園別墅；而仙鶴柳旛一般都會插於別墅上方，故很多時以為是同一件裝飾。正確來說，是兩項不同的紙紮祭品。

以往火化紙紮，都是在路邊進行，也多數會在儀式完結後處理。然而現今考慮到環保因素，都會在殯儀館頂層或地下，於符合規格的火化爐處理，也要排隊輪候火化。因此，在進行儀式中間要抽時段去火化紙紮，不會等到儀式完結才做。

既傳統又時興的紙紮品

紙紮工藝是傳統行業，然而並不古板，跟隨著社會潮流，也因應主家要求，紙紮師傅可製作出任何紙紮品。

製作紙紮品的目的，是後人給先人送上心意，重點當然是要夠貼心。例如紙紮大房車，富有人家都會連司機在內，以顯示先人身分尊貴；又例如紙紮麻將枱、網球場等，都會包括「雀腳」及「球手」在內，不能只是單獨紮出器具本身便完事，這才合關顧之道。

除手工技術之外，紙紮師傅都需要有相關配套的製作巧思。同樣道理，紙紮新型產品都要考慮其配套，若電動車沒有充電站的話，又怎能算完備？

有次看到一輛紙紮的Tesla並沒有司機，可不要誤以為是師傅疏忽，原來先人生前是潮人，潮流產品當然要親身駕駛！

冥途路引

想要把衣紙等傳送給先人，習俗上是要開通「冥途路引」的，即是俗稱的「路票」。一般較為人熟悉的，是去拜山時準備路票。現在大部分後人都會把金銀衣紙放入附薦袋去化寶，所以大都只是在紙袋上面寫上先人名字等便算，較少採用路票。

在香港本地很多情況是各先人位處不同墳地，後人在一處集合祭祖，而為了讓在其他各處的先人也分享得到後人的心意，主家可以準備路票，一併在一處墳地化寶，免卻舟車勞頓。

拜山時填寫的是紙印路票，而殯儀業做事時也有路票，是黃色的布路票。冥途路引是道教意味較大的工具，而做白事一般用的是佛教風格較強的接引。佛道同源，布路票是鋪在遺體身上，是包含消災解厄、福基永固的祝願在內，加上棺木內都會放備好金銀衣紙，是不用強調delivery order的。所以，在意義上不盡相同，也衍生出處理上的細節分別。

兩者類近的地方，是都要寫上先人的生終時日。處理白事時這些資料都會齊備，然而去拜山時多數沒有準備好相關資料，故冥途路引很多時都只填上日期、陽居地址、先人姓名及墳墓編號，有些後人會把生終時日處填上「吉年吉日吉時」，這個也是合理的折衷做法。很多道堂都有「祖先印」，即是專給先人備用的印鑑；在相關場所要化先人衣紙，都應打好印才去化寶爐處理。

路票的意義是delivery order，不是發貨單delivery note。當然先人收到與否難以考證；也因不同宗教意義而不能盡言。

心意為大，只要是合理的慎終追遠，又何必太多拘泥？

先人指路

「仙人指路」本來是一個典故，是說做人只要迷途知返，必能安度人生。在中國象棋布局中也有「仙人指路」這個行門。而這裡想說的「『先人』指路」，卻是不為慶幸之事。

很多行山愛好者也喜歡找一些特色景點來「打卡」，有尋幽探勝的況味。在鑽石山墳地後的山路，有一棵空心樹和一塊形狀像鯊魚的石頭，成為了近年打卡熱點。欲前往的話，最近的路段是經墳地入山，位置正好在小溪旁。在途上，相信是有行山人士為給其他人指路，而在墳邊噴上了指示字眼——「鯊魚石沿山邊行十五分鐘」。

寫下這塊「先人指路石」的人，其實是做了一個不負責任的行為，正如有人在別人家門噴上指路標記，始終是不尊重人家的做法。假如是主家子孫發於好心而作此行徑，是利他之好心行為，若然是由外人來塗寫的話，那就是連最基本的禮貌都欠缺了。陰宅沒有活人居住，不等於外人就可以隨意任性而為。

「仙人指路」的典故，是說神童自作聰明而失敗，要回頭知返：

「踏遍黃山沒見仙，只怪名利藏心間，勸君改走勤奮路，保你餘生賽神仙。」

在人家墳頭寫字的，真的要好好領悟這個道理。

15 — 石碑上的控訴狀

人走如燈滅，前塵往事應該放下而向前望。只是世間既有「怨靈」這個概念，就必定是人心投射的反映。

程先生的獨生女兒不幸病逝，而且她結婚還不到三年，主家的沉痛是可以理解的。整個送殯儀式當然哀傷，就在出發去火化場之時，程先生的悲慟更是一發不可收拾。

「程先生，之前跟你提及過，父母是不可『上山』送兒女的。」筆者事前已跟他溝通，說在殯儀館出殯儀式完成後，他便可直接去「纓紅宴」的酒樓等賓客到來。

「你叫我不要送別我乖女，怎對得起她的媽媽呀！」程先生失控的咆哮。他太太是在兩年前過身的。

「明白程先生你的心意。只是傳統禮教上，還是有輩分高低的處理。」

「這個我不理，總之我就要送囡囡最後一程！」程先生露出堅持的表情，「如果你不讓我上靈車，我現在就衝出馬路，直接一家團聚！」他聲音雖帶顫抖但語氣堅定。

「不如這樣吧，程先生也坐旅遊車到火化場，然後在車上等著如何？」筆者還是覺得要兼顧主家的情緒。

「都去到了，為甚麼不能入禮堂？」程先生語調未完全放輕。

「那也是以『解脫』的理念去進行儀式，是希望她往生淨土、離苦得樂。」

程先生沉默了一會，然後一聲不響朝旅遊車走去。

筆者立刻拉住其中一位還未上車的賓客，請他協助制止程先生到火化場時下車。正巧車上有一位比較年長的親友，較明白傳統禮數的規則，一路全程陪同，並勸服了程先生，結果兩人都沒有下旅遊巴，直至去吃飯的地方。

原以為程先生經過一段時間後較能放開懷抱，以較平靜的心境去處理女兒的骨灰安葬事宜，不料結果卻又是另一回事。

「請問石碑上的文字有沒有字數限制？」程先生甚有禮貌的問。

「二十厘米乘四十厘米為石碑面的尺寸，姓名不能小過一厘米一個字。石碑上是可以有其他文字內容及裝飾圖案的。不過，有些敏感字眼是不可以的。其實石碑內文主要是先人姓名、籍貫和生終時日，其他字眼都並非必要。」筆者一說罷，便後悔自己說多了。

「啟程先生，在你眼中非必要的，在我眼中卻是最重要的。」程先生的聲音有點抖動，但語調還算中平。

「不好意思如有冒犯了，衷心致歉。請問，是要加甚麼內容？」

程先生徐徐地拿出一張照片，是一家人的合照，但沒有程先生女兒身影在內。

「這是害死我女兒的一家人！我要咒罵他們。我要在女兒墳頭一角刻上『〇家害死我女兒，不得好死』，再將這些衰人的照片放在名字下面。」

「不過這些字句及圖案，署方應該不會批准，因為不是碑文相關的內容。」

「不是吧？在石碑上多刻幾個字也不可以？」

「話是這麼說，但這或會影響到其他人。」

「我連討個公道也不行嗎？」說罷程先生怒不可遏。

「這樣吧，程先生想要的相片和文字，先不要刻在石碑上。你可以打印出來，等安好碑後，再貼上去吧。」筆者想了一會，只能折衷如此回應。

「一來可以不被署方審查，二來也可以更換文字內容。字體也可以多點樣式變動，不是更巧妙嗎？」

程先生立刻彈身起來，便邊走邊道：「我現在就去製作這些資料！」

見狀，筆者只能希望程先生的心態會有所改變。任何會加深主家怨念的做法，從來都不是殯儀業應該做的，筆者對自己當時所提出的建議也帶點後悔而自責。

到了安碑的一天，不見程先生有拿出甚麼東西貼在石碑上，以為他放下心結了，只是當筆者下一個月偶然經過灰位位置時，發現程先生還是貼上了相關文字及照片，幸而只是小小的一張紙，沒走近看的話，不大會發覺。

故事的結局不是這樣結束。因為以上原因，筆者每次到相關灰樓工作，只要能抽時間，都會到程先生女兒的灰位看看。

由貼上文字和相片，到沒有任何貼紙，然後是乾淨的碑位加繪了花型的圖案，最後沒有再貼上控訴字句。

筆者不知道是甚麼原因使這位父親放下了；但是，只要能放下，就好了。

碑文避忌

石碑上的文字，主要是「中榜」（即是正中刻上先人名字的一行）會相對上有較多的考量，文字總數要以「生、老、病、死、苦」五字為順數作設定，以「生」與「老」為總字數所寄才合乎規律，即是避免「病、死、苦」；以此引伸，故以六、七，以及十一、十二、十六和十七個字作為中榜總字數，是最為普遍的選項。

例子：生老病死苦生老

○門○公靈位（六字）
○門○○公之墓（七字）

至於中榜上的人物或地戶關係等，有時也會因應語言而有一定的避忌。如江姓，石碑上列出「江門」始終也和諧音接近，故會改用「江父」或「江母」。至於祖地是江門的，就難以作避了。這個若處於同地域鄉鎮，也不算是甚麼諧音避諱。

另外，「世祖」是為第幾代的標記，問題是廣東話中有貶詞叫「二世祖」，故也會因此而有點避忌。傳統上的處理可以用「二世顯考」作標示，有些做法會改用「二利祖」作替代字詞，是取另一意頭方向。

傳統上碑文有其格式，而遣詞用語根據時代不同而有所改變，中榜得體，其他為輔，碑文本意如是便合風格。

墓穴顏色

選擇墳頭的顏色，以往可說是匪夷所思的想法，因為所選用的石材就有其本身的色澤彰顯，又何須大費周章？只是現今一些主家對棺木都會有個別要求而噴上不同的顏色，更何況是墓穴的顏色。

當然，程度上這還是不及棺木顏色的「多樣化」。有主家會選擇棺木用紫色，這倒也沒有甚麼懸念，畢竟拿去火化或下土後都不會長居地面，也沒甚麼大不了的。不過，若然為墳地髹上太鮮艷的顏色，也未免是顯得太「搶眼」了吧？要為墳地上色的話，主要還是建議在石碑外塗上白色之類，以加強光潔明亮感覺為主。

其實為墳地上色的美觀性，大都是較短期的體現而已。畢竟戶外地段免不了風吹雨打，以純觀感作考量，長遠來說，反而會適得其反。

墓碑造型

Beyond黃家駒位於將軍澳華人永遠墳場的墓地，是其樂迷出名的景點，大體在油塘的士站上車後，司機總能在準確位置停靠，讓人可清楚地見到石碑的結他造型。

關於石碑的造型，只要不介意付出特別設計的訂造費用及時間，基本上大都可以滿足主家的要求。

石碑的形狀倒也不是最難處理的部分。不過，對於相信風水的人而言，若然尖角太多，旁邊鄰居的主家難免會有微言，這也是人之常情。所以，只要造型風格上不是太過「突兀」，現今也是可以體現後人以打造不同的石碑造型來對先人表示懷念心思的時代。

至於傳統上的墳頭造型，多是繪畫性質為主，如在邊界塗上紅色，或在頂部畫上官帽，較少會在建築體本身做出太多變化。

見證價值觀的變異，墳墓也是世俗的一員。至於有人為了個別原因而破壞墳地的舉動，是人心的躁動，那才是最難叫人釋懷的。

墓穴鎮獸

鎮墓獸在各個朝代有不同演化，而到了現今，常見的是以石獅為主，比起麒麟、虎、馬、象，都更為人接受。

作為鎮穴辟邪之用，獅子屬「萬獸之王」，取其剛猛威武之意，通常是貼地而行，所以會擺放在較低之處；若擺在欄杆位置，其實並不十分理想，然而這也要看主家心態，總之不要太高就是了。

至於擺放方位，一般來說，最好向西北，不過時至今日已較少人關注，畢竟穴場所向和裝潢都已經是分割概念。反而是體積方面，大概都會明白不是大隻便好，大都會選取較細小而成對的石獅。

至於龍龜，是古代皇陵的恩物，到現在也還是較多採用，畢竟外貌吉祥又帶點威嚴，總可兼顧到各主家的不同心思與想法。

墓背裝飾

上文說到鎮墓獸的裝潢是為穴辟邪之用。至於墳頭，自然是著重石碑地台等的設計，形式上有官帽或大小交椅的分別。只是現今的墳場未必每個墳穴都會背靠石牆，所以碑後造型，漸漸成為另一類別的裝飾考量趨勢。

這方面較關鍵的，是牽涉到石材的運用。一般的麻石碑台等，後面較少雕刻；尤是是石米類別，則更不會在背後「有所動作」。墓碑石材之選取要點，是取其紋路均衡且堅硬，即是之故，盡量減少石面上無大實際功能的雕刻才為合理。

背板裝潢，較常見是用於紅麻石、黑麻石和青麻石（貼近黑色）的墳墓建構，大背板主要以套件方式組裝，在加工上會較易處理。

若主家因墳頭稍出而要求作背後裝潢，選取相應的石材種類才是最關鍵的；至於圖案類型，則只是構圖上的不同方向而已。

朝天碑例

除了是在國家紀念事件層面外，朝天碑（即是墓碑放在地而面向天）一般來說多是在教會墳地看見。傳統來說，立碑會因應風水及環境等考量，而選擇以不同的角度作坐向。這種「面向天」的取態，始終較少。

陰宅碑一向不朝天，是因為主流風水考量到這樣處理的話，會接收不到墳穴的吉向或線度。換言之，要這樣做，主要是因應現場無局可取，那就只能退而求其次的盡量做到「無吉無凶」，說白了，是暗喻著某種滄涼。

以往的朝天碑都會一如常態把先人相片放在碑面，遺照也自然是望向天邊。只是某些主家後人還是較避忌「望天打卦」這個意頭，所以也有把照片放在碑底，望回墳地園內，這也是一種折衷方式。

上海萬國公墓裡的宋慶齡墓地，也是選用朝天碑的安置。宋慶齡是女中豪傑絕對沒有懸念，其父母立碑在後，她本身的墳碑則安在其前方朝天。孝思之念，才是整件事情的原委。

16一最理想的先人居所

畢先生對先人的殯葬儀式沒有甚麼要求，著重的是之後的墳墓（陰宅）工程。

「那些儀式，都只是過眼雲煙。我母親生前對居所有嚴格要求，對死後的就自然不用說了。」畢先生對出殯儀式如何安排並沒有太多想法，然而說到相關墳墓工程如何處理，則相當注重。

「請問是選擇土葬，還是火葬處理？」

「她生前意願是『入土為安』，不過在香港做土葬是否很麻煩？」

「在本地主要由兩個機構負責，一個是食環署轄下的，下葬後六至八年要執骨，遷移去金塔地。另一個是華永會，有永久、可續期或不可續期三類用地。」

「不續期的墳地價錢是數千元，可續的數萬元，永久的要廿多萬。亦有數個原居民或宗教墳地，但要合資格才可使用。若要運回內地土葬，即是所謂『華僑墓園』，價錢就要看當地。」

「以上這些，是說墓地的地段價錢，並未包括我們行內俗稱的『沙面』工程，即是石碑、塚位等整個墳墓的配套。」

基本上，現在九成以上的個案都會選擇火葬處理，土葬方式不為主流。而很多時選擇土葬處理，都是因應先人生前意願。

「明白了，我們家不是教徒，亦沒有原居民民籍，所以只能從食環或華永會選吧。」畢先生的敏銳度很高。

「我不想母親下葬幾年後要再執骨，打擾到老人家。那為我申請華永會的可續期或永久地吧！」

「明白。程序上，這個也要查看華永會的公布，首要看看每次推出多少個相關土葬地段，然後入紙抽籤，再看中籤與否，以及中籤後的選擇次序。還有，要先跟你說明，絕大部分的土葬位都是重用的，並非全新位置。」既然畢先生對先人土葬的安排這麼緊張，這個更要跟他說得清楚明白。

「這也是無可奈何的，主要是找一個理想的墳地，母親生前對宅居是十分重視的。」畢先生再一次重複他的要求。

「若決定用土葬方式，那殯儀相關事項有幾個重點要留意。第一，遺體不可以做防腐；第二，要選土葬用的棺木，不能用一般火葬棺木。」

「這些都交給你安排，」畢先生揮揮手，示意筆者不用說下去，「我會再跟你討論下葬的細節和墳地工程。」說罷便匆匆的想離開。

只是對於這一次的陰宅地點選取，仍未有頭緒，一般來說，較多人會對風水作考究，有主家會求教於風水師傅，以找出一個理想的「吉穴」。至於墳地設計方面，有後人會以先人的喜好為主，從而決定墳頭的顏色等，又例如明星、名人的墓碑形狀會有別具特色的打造。

至於畢先生的要求，以上皆非。

「我不大相信風水這類東西，我認為意義不大。」畢先生開宗言明，「而且我母親是很沉實的人，不需要任何浮誇設計。」

「那選位上的準則，是開揚還是方便到達？墳頭的石材及格式，也有多款可給你參考選擇。」

「舉個例子，我和母親及家姐同住。地方不大，只有數百呎，但母親為了各人有自己的生活空間，在廳裡起了一座地台，內裡儲物。枱面是由地台升起的，而且設有投影機可投射不同影像，這除了是給我看電影用外，也可以投射油畫畫像，讓家姐做教學示範之用。她自己也為家居營造出傳統的中國風感覺。為了家人，她做了不少協調與讓步。」畢先生一口氣的說道。

筆者聽完後還是有點混淆，始終陽宅跟陰宅，兩者很難相提並論吧！聽得明白的，是先人生前十分體貼和疼愛家人。

「那我再想想如何處理。」筆者當下也別拿出太多相關資料給畢先生過目，反正重點並不在此。

過了兩天，和同事商量而綜合了各方面的資料後，筆者再約見畢先生解說提案。

「我建議考慮將軍澳華永墳場。推薦的是〇段〇〇行。一來從車路上去只需要兩分鐘，地段不算太高；二來可以望向這裡，」筆者指一指手機上的地圖，「那應是你即將會搬去的新居，雖然距離較遠，望起來不是很清晰，但只要用上望遠鏡，應該還是有機會看到的。」

畢先生低頭不語，靜靜沉思。

「我明白未必令你完全滿意，只是得知了先人很懂得根據實際環境去做出妥協的生活藝術後，我便循著這個方向去構想。」

筆者最後的一番解釋其實冒著得罪主家的風險，只是也想不到更好的方案了。

最後，過關了！箇中有一點運氣存在吧！

或者先人也喜歡這個地點，保佑了大家順利完成工作。

無論如何，只要子孫後人有想念寄掛先人，哪裡都是理想的陰宅地點。

棺不離八

整個口訣是——「櫈不離三、門不離五、床不離七、棺不離八、桌不離九」。這種古時木匠的工藝口訣，於現代還是有一定的參考意義，就好似「三位結義、五福臨門、床不離妻、桌不離酒」，都是帶著對生活幸福的寄願。

上述工藝口訣中的數字，不一定是指整個長度，而是說長度的尾數，如二呎三、六呎五之類。說到棺材，因應「棺」同「官、觀」近音，故也取同音好意頭「發」字作結，所以棺木的長度尺寸會定於八尺或八為尾數，「棺不離八」就是由這種想法衍生。說到底，大行之後還是有多少俗世心念存在的。

長度訂好了，那闊度等又如何處理？當然主要是以魯班尺的吉凶作為配數參考，亦有因應地域空間條件作考量，如台灣、新加坡等地，棺木一般較為窄身，那是落葬墓地相對沒那麼闊的因由。至於本地的做法，則會因應先人身形而決定是否需要加闊棺木，較為彈性。

火燒旺穴

最多人熟悉的旺地概念，叫作「火燒旺地」。那麼墓穴在下葬前燒一下，是否真的會旺起來呢？

以火暖穴，其實算是土葬的其一方式，也可以稱作「暖坑」或「焗塚」，是在棺材下葬前弄熱穴位的步驟。火燒旺地背後的概念，是讓先人下葬之地不要太陰寒，在暖穴容身才為「好意頭」。暖穴通常是燒衣紙或柴枝，但只是「中火」而不會「大火」，或會在上面拉布來保持焗暖溫度，到下葬前才拉開。

談到火燒旺地，在本地，山火多在清明和重陽節前後發生，這當然和拜祭墳地有一定的關係。香港一些「認可殯葬區」比較貼近郊野區，若拜祭的後人貪一時方便以點火來清理雜草，便容易釀成火災。至於在拜山時「火燒旺地」的做法，現今後人都不大會進行了。

相傳很多廟宇和偉大建築物都會有其「壽命」，限期到了，便會有「天火」來了結一切，未必是人為的不小心，這和《聖經》中〈創世紀〉的內容是異曲同工的。

人種的火，無論如何都不能與天相比。

明塚做法

說到「暖坑」或「焗塚」，意思就是要使穴位先暖起來才放入棺木下葬，然而這個方式主要是在泥土穴位才會採用，若是「明塚」的話，則較少會焗塚。

所云「明塚」，即是用磚、麻石或青石石板等填起穴坑，不是以自然泥穴作下葬空間。這樣做很多時是因為該地段易有水土流失，以傳統穴位方式下葬的話，入水受干擾問題會較嚴重，於是便會以明塚處理。很多東南亞地方，公眾墳地都是明塚穴位，其背後都帶著這個考量。

至於本地有說「明塚」又叫「富貴塚」，其實也算是反映出某種避忌心態，因為很多時土葬穴位都是再次使用（即是較早前有先人骨殖遷出而可再用的位置），後人有時會對這種「二手」位置放不下心，便選擇起一個明塚，仿如造出「一手」的感覺。這是心理因素多於實際需要。

當然，封明塚也是用石矢（石屎）為主，這個當然也是為了要加固墳穴的保護力。對「入土為安」的解讀，在不同時代都有出於實際情況的考量變數。

衣冠塚概念

關於「衣冠塚」的意思，上網查找，最多的解說是因戰亂或遇難而找不到遺體，所以就以先人的衣物來造墳紀念。

因為遺體失掉了的關係，感覺上帶著悲痛遺憾，那麼衣冠塚是否真的就只是悲痛的代名詞？那又未必。有時候是近於無奈多點。例如後人跟先人的宗教不同，最後下葬的地點也未必是先人所願，若下葬之後，後人想有所更改，也不好把先人遺體掘起再作處理，遇到這情況，後人便會把先人的衣物另點下葬，以衣冠塚作紀念，當然主旨是更貼近先人生前的意願（如宗教信仰）。

那衣冠塚的起造，是否規模愈大愈代表可填補那份悲慟？這也不一定。好像有些本質是「義塚」的衣冠塚，就是因應先人的人數較多，便以較大的面積以作紀念。若是單獨或家族性質的衣冠塚，大體都會較為簡約，甚至有些是將骨灰位加一個「無灰紀念」，這也算是較常見的方式。

而世上最出名的衣冠塚，必定是成陵，即是成吉思汗的墳地，位於內蒙古伊金霍洛旗草原。元朝的秘葬制度，是會保密歷任皇帝其下葬之處，這樣做就不用比較，不用擔心與先皇的模式取態有何不同，而且更可減少盜墓者之破壞，屬計算有理的安排。

總的來說，只要能夠貼合先人生前心意，之後便可少點牽掛了。

土葬屍水處理

遺體土葬之後，某程度上來說，只是完成了首個步驟。中國的南方人都較為奉行「二次葬」，即土葬經一定日子後，遺體會「執骨」，將先人骨殖放入金塔，然後再次埋葬。在香港，食環署的土葬墳地如和合石都是必須在下葬七年後執骨，所以遺體下葬後的屍水處理尤其重要。

遺體下葬之後，有屍水流出，是自然現象。故土葬的棺木除了要有效保護遺體外，亦要有去水的考量。較古老的方式是用「七星板」，即是在棺木底部放一塊有孔的杉板作去水之用。「七星」是道教的關鍵詞，板上的孔紋要符合左三右四（即北斗七星方位），寄意「北斗引路」。

若然沒有七星板，那便沒有去水功能？也不是的。西式土葬棺木便沒有七星板，但會以布帛（棺席）鋪底作吸水之用，這也是現在中式土葬棺木的處理方向。另外，很多地方的習俗都會放其他吸水之物如茶葉、菊花之類，只是要留心這些東西的性質與和質素，會否引致骨殖染上了顏色。

至於更古老的傳承，是在棺內四個角落放片糖或水果之類，那遺體便會「化」得更清。只是這種做法較不受現今主家接納，所以也漸漸成為歷史痕跡了。

山水洗骨

所云「二次葬」，即是先人土葬後，過了數年（本地一般最少六年後），擇吉起棺，將遺骨放入金塔內（把先人的骨殖排砌成仿如盤坐的模式），再放入金塔位或土葬位。

執骨時處理「骨肉相連」的情況有很多方式，各師各法，只是去到洗骨步驟方面，大都會盡量以山水來處理。當然，重點不一定是因山水是「自然之氣」而採用之，而是水喉水加入的消毒化學元素稍多，會影響到洗滌後的骨頭質素。畢竟還有後續程序要處理，是應該要小心謹慎一點的，能找到潔淨的山水之源，無疑是相對保險一點。

剛才提到骨肉相連，處理附於骨殖的「軟組織」是各有方式的，至於如何消除相關的味道？洗滌後吹乾以散味，據云還是以山水最理想。有人會問，有消毒化學元素的水喉水不是更能去味嗎？業內行尊的理解，大都不作此認同。

比如說，很多時養水生動物的寵物主人，都會先裝好水喉水作「隔夜水」，待到第二天才換水，原因就是要待水中的消毒成分稍作氧化。漂水對骨頭造成損害，這是化學作用的課題；現時當然有更好的清潔液，不會影響到清洗後的骨頭質素。只是一路相傳的方式，背後還是有實踐經驗的。

吊棺火化之舉

前文說及以山水洗骨，是在土葬多年後執骨出來的工序，是代表「執骨成功」的意思。那麼有「執骨失敗」的情況嗎？當然。於是就有「吊棺」的處理了。

先不說在官方墳場裡有「科文」的執骨監察官，就是在原居民的墳地也會遇上執骨不成的課題。原因可以是地點本身的泥土因素，也可能是遺體本身注射了防腐劑，故在土葬若干年後開棺，遺體的軟組織還是清楚的附在骨頭上（即屍身不化）。面對這種狀況，其一選擇是放回土內等多些歲月再作處理，其二就是把棺木連遺體拿去火化，謂之「吊棺」（吊起棺木作後續處理）。

吊棺的情況當然是無可奈何之舉，但近年的吊棺也見證了業內的變化。以往資訊不透明，業內有不良分子把火葬用的雜木棺材當土葬棺木賣給主家，結果就是開棺時連棺材都爛掉了，確實情何以堪，然而現今這些情況已甚少出現。要吊棺，當然有機會要換新棺木，而由於原棺材爛掉而要換棺的個案，現在已不多。

另外，吊棺並不一定局限於「執骨失敗」的情況。若主家後人出於種種原因而不想處理骨殖，也是可以申請吊棺的。那為何一開始選了土葬而後來又另有想法？那自然是「一朝天子一朝臣」的原因了。

17｜寵物殯儀怪談

根哥是筆者入行時的前輩，為人親切，待人接物特別細心，而且對後輩也十分關照。特別記得那一天，根哥說要轉行的時候，筆者還以為自己聽錯了。

「根哥是要移民嗎？去哪個地方？」筆者只能以常理猜度一下。

「沒有這回事，我很喜歡在香港生活。」

「那是有其他大計了？」

「是的，其實沒有完全轉行；都是做殯儀，不過不是人的，而是動物。」根哥說出了他的決定。

「真的好搵錢嗎？」筆者也不轉彎抹角，直接問道。

「還不錯吧。現在尚未算太多人做，到日後多人做了，競爭就會太大。現在要搶佔市場。」

「明白了。先祝根哥你馬到功成、駿業宏開！」根哥的生肖正好屬馬。

「有心了。如真的可以順利上軌道，到時看你有沒有興趣過來一齊玩。」當然只是客套話

居多，但根哥說出來的語氣十分誠懇。

「好的，先多謝根哥關照。」記得初入行時，根哥教了筆者不少行規，所以一直心存感激。

後來根哥再來找我，是這番話的三年之後。

「小程，我就直截了當說。你現在的工作是否都比老永多？我聽以前的行家說。」根哥電話一到，就直接進入主題，看來事情十分急迫。

「是的，你想老永過來你那邊辦事？」筆者大概猜到。

「是的，不過不是為客人，是幫我呀！替我公司的場地做法事。」根哥一口氣說：「而且是私底下進行，不公開的。」

「你知我以前很少找老永做事，如果現在我直接找他又好像太唐突，還是你幫我打個招呼好，看他甚麼時候方便來我公司？」

「價錢你照報便可以。我對老永功力有信心！」根哥也不會在乎那一點錢。

看來困擾根哥的事，應是比較厲害的東西，只是不知道是動物還是人。

約了日期、時間，筆者便和永師傅一同到某個工廠區的一個工廈單位。

一進門，感覺是十分西式的布置，如教堂一樣。另一角是寵物骨灰位，大部分灰盅都有刻名紀念。

再推入一道暗門，是火化機器的位置。

「根哥，你是想在火化位那邊做事，還是在禮堂外？」

「在外面，大門口外。」根哥指著外面走廊。

「不瞞大家，有位先人經常在門外等待那些動物的靈體，然後接走『牠們』。」根哥也毫不掩飾地說。

「本來我都不信，但最近不少客人也說看到了。有謠言始終會影響到生意。」

「我不能在這裡起個地藏壇來，畢竟不同的客人有不同的信仰，這裡又不夠位置分開禮堂，所以只採用了西式設計。」

「我是希望可以和平共存的，但看來有點難了。」根哥聳一聳肩，「其實自從『她』出現後，對在這裡工作的同事似乎也有影響，尤其是健康，會經常生病。現在都請不到人幫手，都做不長。」

「有沒有主家找過道教師傅來超渡寵物？」筆者在永師傅開始做事前，都想了解一下有否同業曾來做事。

「就是這樣開始的！」根哥嘆氣說道：「去年有一位主家帶來兩位不知是喇嘛還是甚麼身分的師傅來唸誦，就是由那晚開始，出現了相關問題。」

「這也很難說有直接關係吧，也可以是熱愛寵物的先人呀！」筆者安慰根哥說。

「眾生平等，也沒甚麼。如果真的是接魂大使，也沒辦法了。」根哥也是胸懷若谷的人。

很多舊式工廈本來聚陰，動物火化後也有相應靈魂，來接走的，也可以是不同的物種，不止局限於動物之間，以上信者則有。

「先超渡才再算吧。既然是熱愛動物的一份子，應該也會認同根哥，不會作出傷害。」

寵物殯儀，始終還是由主人安排。不論如何，解開心結，和人脫不了關係。

寵物葬儀

在香港，於一般建築物內處理或放置人體骨灰都是違法的，要領有相關牌照方可容許。但只要不是人類而是動物，目前則沒有法例規管，所以一般做寵物殯儀的地點，都多設在工廈地段。

火化寵物遺體大都以體積來計算收費，這當然是以「開機」成本作出考量。體型較細小的動物也有可能是「集體火化」的。因應與人骨尺寸相異，火化之後，倒是較少需要研磨成灰，而且也未必所有設備都有相關配置。

至於如何證明哪些是動物骨灰？哪些是人類骨灰？倒也沒有甚麼有效方案。以往骨灰位供應緊張時（目前屯門的曾咀則是供過於求），又有沒有寵物灰位曾「掛狗頭賣人肉」？答案當然是沒有。因為寵物葬儀的利潤比人類的要易賺，那又何必鋌而走險？

狗吃人屍

數年前有一本名叫 *Will My Cat Eat My Eyeballs* 的著作，作者是 Caitlin Doughty，是一本關於殯儀冷知識的有趣作品。點題之作，就是貓狗會吃掉主人遺體的分析。

說到底，大家都應明白，動物始終需要覓食以維持生命。主人與寵物之間的關係，很多時就建立在餵養條件上。換個角度，要牠

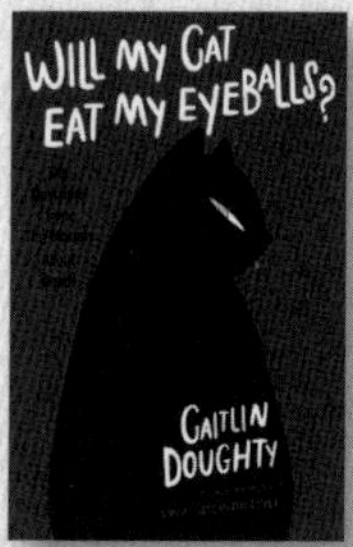

活活餓死而不准吃東西，不也算是主人「殘酷對待動物」的罪行？

然而，文中作者也提出，貓狗因為要充飢而吃人體軟組織外，也有可能是在舔醒主人不果後，再有噬嗑的舉動出現。所以一事兩面，箇中也不是完全沒有愛的條件存在。

平時主人在貓狗前直呼自己是「爸爸」或「媽媽」，也許都要明白，上述動物天性，到了某一天「兒子」或「女兒」真的要吃掉自己之時，就不會顯得牠們是那麼「不孝」了。

昆蟲現象

上文介紹過 *Will My Cat Eat My Eyeballs*，這次要說的是日本作家三枝聖的《破案的蟲》，這是法醫學的相關作品。重點的分析，是關於拓殖（昆蟲入住遺體），由此來推敲死亡時間。

蛆蟲和蒼蠅在不同的條件下生長，正是作者提及的「法醫昆蟲學」。當然還有很多關於由昆蟲協助破案的例子，分析十分專業。香港最早期從事殯儀業的前輩，都有一定的法醫角色擔當在內，尤其以前的冷凍技術所限，保存遺體自然會有一定難度。只是時移世易，政府已設立了專業的法醫部門，殯儀業現時接體，都沒有需要處理昆蟲的「後顧之憂」了。

法醫的工作處理，的確值得深度敬重。

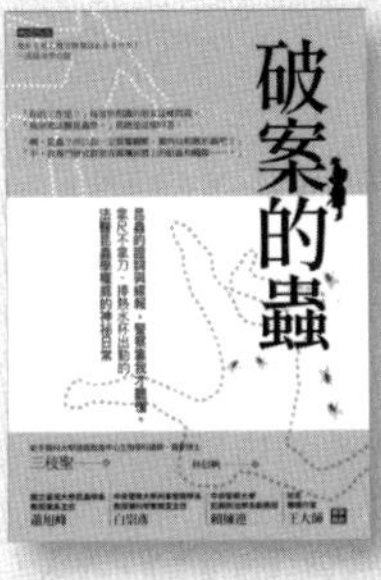

狗伴遺穴

說到狗吃人屍的話題，被愛狗的朋友說筆者「不近人情」，不明白寵物與主人之間的懷思。這方面不容否認，畢竟人總有盲點，也沒有必要多作掩飾。

話說回來，在網上也有不少忠犬替主人守墓的視頻。先不管是否有甚麼 video-editing 套路，寵物會回應主人的愛，是無可置疑的。日本的「忠犬八公」翻拍了不少版本，不同國籍的人都同樣感受到那種純粹的忠誠之愛。

至於墓穴鎮獸（石雕）倒沒有狗隻的造型。二郎神旁邊的吼天犬，已是最受敬重的犬類神獸。而在香港又沒有如台灣那麼容易找到吼天犬廟（天狗將軍），畢竟神物幻化，是有風俗之分。

說到底，只有養過毛孩的人才可體會到人與狗之間的感情；很多時彼此需要的，就是成為忠誠的夥伴。

私人火葬場

本地火葬場的預約由食環署管轄，手續上是公開透明的，在食環署官網可以查到各火葬場十五日內的可預約期，每天約一百八十個火葬名額，在每個地點的名額都有清晰數字顯示（注意因應情況名額也不是每天相同）。

申請程序是先交費用取得授權code，然後預訂日子。要明白，是「手快有手慢冇」的，這是選日子的課題，中國人較重視「吉日」，所以相關的好日子多數「爆滿」，就是不用擇日，星期日或公眾假期的爐期也是較搶手的。

由於爐期是要在十五日前才開放預訂，所以很多時選吉日出殯的，也要在先人過身後三至四星期才處理得到，而且要一開期即捕日的。

當然，在運作過程上還是有不少竅妙在內。每天火化配額其中有四個是「機票爐」，即主家因應急事要離開香港，以機票為證明而獲准例外「插隊」。

至於「炒期」這些手法在業內相對較少，若出現此情況，多是在農曆年前這些日子。另外，有時候訂好殯儀館日期卻和火葬爐期夾不上，即是說陷入脫期之危。

在「公海」撈不到的話，那只好付爐費去向行家要期，這也是迫不得已的後著。各行業都有業內難處，俱不足為外人道。

除了政府的火葬場地，也還有佛門子弟專用的私人火化場。現在合法可用的佛寺火化場，分別位於寶蓮寺（大嶼山）及芙蓉山（荃灣），以前者較受注目，一來是名流效應，二來亦是以「古早」柴火方法火化的僅存之地。要「享用」這個「福利」的，當然都是達官貴人，然而食環職員和高僧也都會在旁監察，並不絕對私人。

真正無人干擾的工廈、村屋火化殯儀場地，在香港只有寵物獨享。

最後的故事——殯葬禮儀師之晝夜行事錄

作者——啟程（KC）
照片提供——啟程（KC）
設計——@freeflow.imagination
編輯——阿丁 Ding
協力——Mari Chiu
出版——格子盒作室 gezi workstation
郵寄地址：香港中環皇后大道 70 號卡佛大廈 1104 室
網上書店：gezistore.company.site
臉書：www.facebook.com/gezibooks
IG：www.instagram.com/gezi_workstation
電郵：gezi.workstation@gmail.com
發行——一代匯集
聯絡地址：九龍旺角塘尾道 64 號龍駒企業大廈 10B&D 室
電話：2783-8102
傳真：2396-0050
承印——美雅印刷製本有限公司
出版日期——二〇二四年七月（初版）
國際書號——ISBN 978-988-75726-2-6